JN107543

春になるまで待っててね

Kiyo Date Presents
伊達きよ

イラスト　犬居葉菜

春になるまで待っててね

一

　ぼうぼう、めらめら、ごおごお。

　正確には何と形容すべきなのかわからないが、文字にしてみれば、そういった感じだろう。

　今、リックの目の前で、そんな音を立てながら炎が踊っている。リックの住む、彼の巣穴であるアパートを包みながら……。

「嘘……だろ……」

　顔が熱い。熱風が絶えず吹き付けてくるせいだ。夜だというのに驚く程明るいのも、その熱風の元となっている炎のせいだろう。リックはもちろん、居並ぶ野次馬の顔まで、はっきりくっきりと映し出している。

　周囲では、サイレンと悲鳴、それに「下がってください！」としきりに叫ぶ消防隊員の声がわんわんと渦巻いていた。すぐそこで聞こえている筈なのに、まるでテレビか何かから流れてきているような気がする。現実味がまるでない。

　足が震えて立っていられなくなって、とうとうリックはその場に膝を突いてしまった。野次馬達が、そんなリックを邪魔そうに避けていく。

長期休暇の前夜祭にと買い込んだ、雑誌やつまみが入ったビニール袋。地面に投げ出されたそれは、人の足に蹴飛ばされ、踏まれ、揉みくちゃにされていく。それと同じように蹴飛ばされながらも、リックはその場を動く事が出来なかった。

「消火完了！」という言葉が聞こえてからどのくらい経過したか。周りに人もいなくなり、幾人かの消防隊員がちらほらと残るだけになってからも、リックは変わらず地面に蹲っていた。

「あの、もしもし？　大丈夫ですか？」

そんなリックの背に、声がかかる。ゆるりと首を巡らせれば、オレンジとイエローが眩しい消防服を着た隊員が、額に汗を浮かべながらリックを見下ろしていた。少し顔が煤けて見えるのは、必死に消火活動を行ってくれていたからだろう。

まずは彼に礼を言わなければならない。しかし、そうは思いながらも、リックはただただ口を開けたり閉めたりしてから、「うっ」と嗚咽を漏らす事しか出来なかった。

「お、俺の、家がぁ……」

情けない声とともに、ぶわっと溢れた涙が、はたはたと地面に散っていく。暗い地面に吸い込まれて消えていく涙の粒を気の毒そうに見やりながら、消防隊員が頭をかいた。

「一〇一号室のエドワーズさんですね？」

「うっ、あぁ、ううぅ、はい……」

何で名前を知っているのか、と聞く前に思い出す。先程、身元確認のためにと、消防隊員が話を聞きに来たのだった。呆然（ぼうぜん）としていたため、まともに話なんて出来なかったが。

「お気の毒です。建物が木造だったために火の回りが早く……」

「うっ、うっ、ううう」

そう、リックの住むアパートは木造だった。木住み獣人に優しい天然の木材……を、使ってあるという点だけが売りの、古いアパートだ。友人達からは「おんぼろアパート」と馬鹿（ばか）にされていたが、リックにはとても住み心地が良かった。六部屋しかない小さなアパートだったが、確か全部埋まっていた筈だ。

ふと、他の人達は大丈夫だったのだろうかと気になり、アパートを指差しながら、「あう、あう」と言葉にならない言葉を発してみる。消防隊員はそれで察してくれたらしく、「あぁ」と明るい笑顔を浮かべると、力強く頷（うなず）いてくれた。

「住民の方々は皆大丈夫でしたよ。出火当時部屋にいらっしゃらなかった方が多く、皆さんそのままホテルや親戚の所にと……」

「うぅっ！」

「あ、えっと、……エドワーズさん以外は……」

新たな涙を零すリックを見て、消防隊員が気まずそうに言葉を濁す。どうやら皆無事に避難し、ちゃんと今夜寝る場所も確保したらしい。

「俺、俺……家もないけど、でも、もう冬眠しなくちゃって……」

「あ、あぁー……、エドワーズさん、冬眠ある派なんですね？」

だぁだぁと涙を零しながら地面に手を突くリックの言葉を聞いて、消防隊員が「あちゃあ」と言うふうに顔をしかめる。リックはしゃくりあげながら、こくこくと頷いた。

「冬眠」とは、読んで字のごとく、寒い冬の間は眠って過ごす事だ。元は獣が、餌の採れない冬に、極力活動を減らし体温を低下させエネルギー消費を抑えるのを目的とする行為の事を指すのだが、獣と近い獣人にも、薄らとその習性が残っている。自然の摂理で、行動力が冬場以外に比べて、格段に落ちてしまうのだ。

思考や動きが緩慢になってしまうと、普段の生活がままならなくなってしまう。もちろん仕事なんぞも普段通りにはこなせない。よって、冬眠の習性がある者は、その期間、きちんと休暇を取る事が社会的にも保証されている。俗に言う「冬眠休暇」というやつだ。それは獣人達の間ではごく当たり前の決まりなので、誰も何も文句は言わない。

リックはリスの獣人だ。しかも、リスの中でも冬眠するタイプのリス。秋頃にはせっせと冬眠の準備を始めていたリックの部屋は、たっぷりの木の実で満ちていた。

それがまさか、明日から冬眠という今日この日に、こんな事になってしまうとは。

「うっ、うっ、今から部屋を探してまた一から冬眠の準備なんて……できないぃ」

冬眠の準備には時間とお金がかかる。決して、一朝一夕で出来るものではない。ましてや、今は冬の入り口。今から準備していたら凍え死んでしまう。

かといって、ホテルに泊まり続ける金などない。というより、通帳も何も、貴重品は全部焼けてしまった。

「あぁ――……」

べそべそと涙にくれるリックを見下ろし、消防隊員の彼は、ちらりと焼け落ちたアパートを見やる。いや、そこはもはやアパートではない。ただの、焼け焦げた黒い木だ。

しばしそれを眺めた後、消防隊員はポンッと手を打った。

「そうだ。……あの、エドワーズさん？」

「うっうっ、はい」

涙と鼻水でぐちゃぐちゃになった顔を上げると、消防隊員の彼は、消防服の内側から取り出した携帯電話を操作していた。暗闇の中、ぼやぁとした明かりが、消防隊員の人の良さそうな顔を照らす。

「良い事思い付きました。明日から冬眠休暇に入る同僚がいるんですけど……あ、もしもし？　おう、お疲れさん」

前半はリック、後半は電話の向こうの誰かに話しかけながら、消防隊員は表情も明るく笑う。

リックは、ずびっと鼻をすすってから、首を傾げた。

「うん、うん。あ——、なぁ、お前明日から冬眠休暇に入るんだよな？　……うん。それでさ、一人そこで一緒に冬眠させてやれないか？　確かお前ん家って一軒……あぁ、そうそう。今日の火事の……うん。リス獣人、リック・エドワーズさん」

思わぬ話の流れに、リックは丸っこいリス耳を、ぴぴっと震わせる。

「えっえっ？」

「あ、本当？　わかった、うん、うん、じゃあよろしくな」

ピッ、と電子音が鳴って、小さな明かりが消える。目を丸くしたまま涙を流すリックに向かって、消防隊員がにっこりと微笑んだ。

「大丈夫だそうです！」

「…………へ？」

驚く程元気な声と笑顔を向けられて、リックは思わず涙を止めて首を傾げる。一体全体、何がどう大丈夫だというのか。

いや、本当は少し理解している。だって彼は、先程思い切りわかりやすく電話口で話していた。明日から冬眠休暇に入るという彼に、彼の家に……。

「部屋は空いているので、冬眠に使ってくださいって言ってました」

「はっ、えっ、あっ、……えええ？」

リックは変わらず地面に座り込んだまま、嬉しそうに微笑む消防隊員の彼を見上げる。顎が外れそうな程あんぐりと口を開くリックに向かって、彼は「良かったですね」と力強く頷いてみせた。

二

「えっと……、こっちか」

紙に書かれた通りの番地までもう少し。リックはきょろきょろと辺りを見渡しながら、溜め息を吐いた。とぼとぼ、という音が相応しい、情けない程自信のない足取りだ。

「はぁ……。本当にいいのかなぁ」

しかし、自信がなくなるのも当然だろう。何せ顔も知らない他人の家に、これから数ヶ月も世話になろうというのだから。

そう。リックは今、「親切な消防隊員の、親切な同僚」の家に向かっていた。なんと、もうすぐ冬眠に入るという彼が、行き場所のないリックを受け入れてくれるというのだ。

最初は流石に遠慮した。いくら何でも申し訳ないし、見ず知らずの人にそんな迷惑はかけられない、と。だが、「じゃあ、今からどうするんですか？」と聞かれると何も答えられず……。

結局、なんだかんだ言いつつも、リックは彼の家に向かう事を決めた。

（他に頼れる人も、いないし……）

リックに身寄りはない。あれば、そもそもこうやって他人に頼る必要などない。

両親はリックが小さい頃に亡くなった。両親のいなくなったリックは、親戚の家に預けられる事もなく、孤児院へ入れられた。当たり前だと思っていた温もりは、何かのきっかけで簡単に消えてしまうという事を、リックはその時初めて知った。

そして今日もまた、当たり前にそこにあると信じていた温もりは、簡単に消え失せてしまった。

「はぁ。……これ、喜んでくれるといいけど」

暗い思考に陥りかけて、リックは慌てて首を振る。そして、気を紛らわすように、腕に提げた紙袋を抱え直した。紙袋の中身は、手元に残っていた僅かなお金で買った、「高級な木の実」だ。

リックは、そんなに稼ぎが良くない。孤児院の出という事もあり、金のかかる良い学校には行けなかった。バイトや孤児院の手伝いも忙しかったので勉強に時間も割けず、必然的に、一流企業と呼ばれるような会社にも入れなかった。今は飲食店の厨房で働いている。

その店で働くのが嫌、という訳ではない。冬眠休暇を取る事にも好意的だし、人からは侮られがちな小動物獣人であるリックを、馬鹿にしてくるような仕事仲間もいない。むしろ、その店で働く事に生きがいを感じている。だがしかし、生きがいだけでは金は貯まらない。なので、今日のような「いざという時」に、急場の金を工面する事も出来ないのだ。

それでも、リックはリックなりに、お世話になる事へのお礼の品を買った。冬眠の面倒賃にしては安いかもしれないが、これが、今のリックに出来る精一杯だ。

「へへ。こんな高級な木の実、初めて買ったなぁ」

リックは紙袋を揺らし、がさがさという音を聞く。なんだかその音まで良く聞こえて、リックは口端を持ち上げる。まあ、いつも食べている木の実だって、箱に入れて振ればこんな音がするのかもしれないが。

きっと親切な彼も、リックと同じ小動物系の獣人であろう。冬眠のおともである木の実を、嫌がる事はあるまい。

(リスかな？　それともイタチ、ヤマネ？)

「あ、ここか」

考え事をしながら歩いているうちに、消防隊員の彼から教えられた住所に辿り着いてしまった。

「………………えぇ？」

リックは思わず首を反らして、その建物を見上げる。街灯の明かりに照らされたそこに建っていたのは、想像したようなアパートではなかった。

「でっ……かい」

親切な彼の家は、とても大きな一軒家だった。

リックはしばし目的の家（と、思しき建物）の前で、うろうろと行ったり来たりした。そして、「本当にここでいいのか」と、メモと実際の住所を何回も見比べて確認した。が、何度確認しても、メモに書かれた住所はここだ。ここに間違いない。

他に行く当てもないし、親切な消防隊員が嘘を書くとも思えない。散々躊躇った後、リックは勇気を振り絞って呼び鈴を押した。

——ピン、ポーーン

軽やかな呼び鈴が鳴った後、玄関先にチカッと明かりが灯った。どうやら中から点けてくれたらしい。

ガチャ、と鍵を外す音がして、大きな玄関が中から開いた。

「あっ！　は、はじめましてこんばん……ぅわっ？」

ぺこっと頭を下げたリックの視界に、大きな足が映る。反対側に自分の足が並んでいるが、驚く程に大きさが違う。慌てて顔を上げたリックは、文字通りその場で飛び上がった。

「はい」

「……あ？　ああ？」

リックの、先の丸まった尻尾の毛が、ぶわわわっと凄い勢いで逆立つ。目の前にいたのは、どう見てもリスでもイタチでもヤマネでもない。

「ん？」

「あ、え、ひぇ……？」

玄関を開けたのは、リックが見上げる程の大きな体を持つ男だった。ぬぅん、と効果音を付けてもいいくらい、どっしりとした風体で佇んでいる。

上背も肩幅もあり、胸板もきっちり分厚い。すっきりとした短めの黒髪、鋭い目付き、無骨な骨格。見るからに、強そうだ。その逞しい腕を振り回されたら、リックなどひとたまりもなく吹っ飛ばされるだろう。

リックは思わず、かたかたと身を震わせる。

「……リック・エドワーズさん？」

大きな人は、しばし考え込むような顔をした後、僅かに首を傾げながら確かめるように問いかけてきた。

「ひっ、は、はいっ」

リックはぷるぷると震える手を、ちょこんと持ち上げて返事を返す。目の前の彼は、間違いなく、リックの名を呼んだ。呼んだのだ。それはつまり、彼がここの住人で、リックがお世話になる「明日から冬眠休暇の彼」である事の証明だ。

リックは、自分の顔から血の気が引いていく音を聞いた。頭の上のリス耳は、多分ぺったりとへたっているだろう。

「熊獣人のディビス・ゲラーです」

「げ、げらぁさん」

「ディビス」

何故（なぜ）か名前を繰り返される。これはつまり名前で呼べ、という事だろうか。リックは内心「ひぃ」と戦（おのの）きながら、小声でその名を呼ぶ。

「でぃびす、さん……」

「はい」

（くっ、口数が少なすぎる……！）

大きい見た目に似合った（という言い方も変かもしれないが）、寡黙な人物らしい。初っ端（しょっぱな）から最低限の事しか口にしないディビスが恐ろしく、リックは更にびくびくと身を竦（すく）ませる。

そんなリックの怯えに気付いているのかいないのか、はたまたまるで興味がないのか。でっかい人、改めディビスは、何食わぬ顔で体の向きを変えて「どうぞ」とリックを部屋の中へと促してくれた。リックはその動きひとつひとつに怯みながら、背中を丸めて、「あ、あ、はい、すみません」と家の中へと足を踏み入れる。

（この人、自分の事、く、熊獣人って言ったよな、熊か、熊……。うぉお、熊だ）

リックが働いている店は、どちらかというとメニューも中型小型獣人向けの内容なので、大型獣人はほとんど来ない。それでも街中などで大型獣人を見る事は間々あるが、「熊」となると滅多に見かけない。

獣人も多種多様ではあるが、やはり「よくいる種」と「珍しい種」というのが存在する。熊獣人は、かなり珍しい部類だ。

「あ、ありがとうございます。お、お、おじゃまします……」

紙袋を両手で胸に抱えながら、そろそろと扉をくぐる、と、広々としたエントランスが目に入った。右手側はシューズボックスになっているのだろう、壁一面大きな扉になっている。中は見えないが、一体何足くらい入るのか、と確認したくなるくらいにはでかい。玄関を上がった先には、洒落た間接照明と観葉植物が置かれており、壁には大きな抽象画が飾ってある。突き当たり右手の方に折れる形で廊下が続いているようなので、その先に部屋があるのだろう。

天井が高く、吊り下げられた照明もこれまたお洒落だ。

上がり口には、ふかふかとした白いスリッパが揃えて置いてある。もしかするとそれは、リックのために準備された物かもしれない。

ちらりとディビスを見ると、目線でそのスリッパを指して頷いてくれた。無言でスリッパを勧められるのは初めてだ。というより、スリッパを履くような家にお邪魔する事自体、初めてかもしれない。知り合いは皆アパート暮らしで、スリッパなんて大層な物を出された記憶はない。

「ど、どうも……」

靴を脱いで、ぺこぺこと頭を下げながらスリッパを履く。ふかっとした感触が暖かい。というより、家の中がすでにとても暖かいのだ。

（す、凄い……）

まだ玄関口だというのに、体は暖かさに包まれている。寒さが苦手なリックにとっては、天国のような温もりだ。

（この家、ぬくぬくだぁ）

指先がじんわりと痺れる感覚で、自分の体が冷え切っていた事に気が付いた。リックは、ほう、と思わず安堵の溜め息を吐いてから、ディビスを振り返る。

「あの……ぎゃわっ！」

振り返ると、予想より近くにディビスがいて、リックはまたも飛び上がる。さっきまで玄関戸の脇にいた筈だ。いつの間に近付いてきたのか。

「リックさん」

「は、は……はひ？」

バクバクと鳴る心臓を紙袋ごと押さえつけながら、リックは上擦った返事を返す。

何がどうしてこの大きい体で物音も立てずに移動できるのか、不思議でならない。

（怖いぃ！　やっぱり怖いぃ）

青ざめるリックに、ディビスがのんびりと床の方を指差して告げる。

「大きかったですね、スリッパ」

「は？」

指と視線につられて見下ろせば、そこには自分の足がある。

確かに、白いふかふかのスリッパは、リックの足に不釣り合いな程に大きい。足の大きなキャラクターかピエロか、と言いたくなるような見た目だ。まだ歩き出していないので何とも言えないが、このままだと数歩もいかず躓（つまず）くだろう。

「あ、あぁ……本当ですね」

「それはそれで可愛（かわい）いですが、不便そうなので別のを買ってきます」

「ん？　か、かわ？　………あっ、あ――っ、いやいや！　こっ、困りません！　困りませんよぉ！」

一瞬、何か妙な単語が聞こえた気がして、反応に困ってしまった。が、ディビスの言葉の後半部分に気を取られて、リックはその単語の事をすぐに失念してしまった。

「しかし……」

「大丈夫ですから！　大丈夫です！」

不服そうに腕を組むディビスを見上げながら、リックはひたすら首を振り続けた。

三

結局、大きなスリッパを引きずるように歩きながら、リビングに通された。

リックは今、大きな一人掛けのソファに座ってぼんやりと部屋を眺めている。ソファは一人掛けだが、リックがあと一人か二人は乗れそうなくらいに大きい。ちゃんと腰掛けていると、足が浮いて、スリッパがぶらぶらと揺れてしまう。本当は三人掛けの大きなソファの方を勧められたのだが、そちらに座らなくて良かった、と、リックはこっそり胸を撫(な)で下ろした。

「どうぞ」

「あ、はい。ありがとうございます」

「熱いから、気を付けて」

目の前のテーブルに、湯気を立てるカップが差し出される。リックはディビスを振り仰いで頭を下げた。

ちなみに、敬語はやめて貰(もら)った。どう見てもディビスの方が年上だし、これから長い事世話になる家主だ。気を遣わないで欲しいから、と恐る恐る伝えたら、ディビスはあっさりと頷いてくれた。

お茶は、とても温かかった。そういえば火事からこっち、ずっと寒空の下にいたのだ。体は芯から冷え切っていたらしい。いい香りのするお茶は、リックの体をポカポカに温めてくれた。

それにしても、カップもソーサーもとても大きい。リックが両手で持っても、余りあるくらいだ。シンプルな白いカップは、茶渋も見当たらず、とても綺麗(きれい)だ。カップだけではない、部屋のどこもかしこもピカピカに手入れされており、およそ男が一人で暮らしている部屋には見えない。

カップをテーブルの上に戻してから、リックは失礼にならない程度に、きょろきょろと辺りを見渡した。

「家の中を案内しよう」

「あっ、あっ、いや、あの」

リックの様子を見て、家の中が気になっていると勘違いしたのだろう、ディビスが立ち上がりながら扉を指す。

「案内は、いらないか？」

「あ……いえいえっ！　えっと、すみません、お願いします」

表情を変える事なく、ディビスはリックを促す。申し訳なさと恥ずかしさで頭をかきながら、リックも立ち上がった。そして、ふと思い出して、自分の横に置いた紙袋をディビスに差し出す。

「あっ！　あのっディビスさん……これ……」

それは、手土産の木の実が入った紙袋だ。

確か熊は木の実も食べる雑食の筈である。貰って迷惑という事はないだろう、おそらく。

「木の実です。少しですけど、良ければ……」

喜んでくれると思って買ったつもりだったが、熊には物足りないかもしれない。自信のなさから、尻すぼみに声が小さくなってしまう。小さいし少ない、だがしかし中々買えない高級品である事には変わりないし……、と思い悩んで俯くリックの手から紙袋が離れる。

「ありがとう」

確かな温度を感じる、優しい声が耳朶を打つ。見上げれば、ディビスが薄らと微笑んでいた。

あまり表情が変わるタイプではなさそうだが、全く笑わないという訳ではないらしい。片頬を持ち上げるように笑うその顔は、本当に「嬉しい」と伝わってくるもので、リックはホッと胸を撫で下ろした。

「あ、いや、こちらこそ……ありがとうございます」

つられてリックも笑ってしまう。ディビスはそれを見て更に嬉しそうに目を細めた後、「じゃあ、まずはこっちだ」と言って扉に向かって歩き出す。リックは慌ててその後を追った。

*

「そこはバスルーム。その横が、トイレ」

ディビスは、ひとつひとつ部屋の扉を開きながら、中をしっかりと見せてくれた。リックは部屋の位置を覚えるために、「バスルーム……トイレ……」と口の中で小さく繰り返す。

どの部屋も、居間と同じく綺麗に片付いていた。その上……。

(ひ、広いな……)

「はぁ～～」と感心の息が漏れてしまう程広い。今見せられたバスルームなど、リックが十人で入っても困らないだろう。あまり考えたくはないが、多分、燃えてしまったリックの部屋より、このバスルームの方がちょっと広い。

歩いている廊下も、横幅がかなりある。熊獣人用だからなのかもしれないが、何しろ天井も高くて開放的だ。ぽかんと口を開けたまま、リックは首を巡らせた。

「こんなに広いのに、どこもかしこも暖かくていいですねぇ」

思わずポロリと零すように呟けば、ディビスがちらりとリックを振り返った。

「冬眠があるからな」

「そっか、そうですね」

同じく冬眠をする種族として、リックはこくこくと頷いて同意の意を示す。暖かければ暖かい程、快適な冬眠生活が送れるというものだ。今や燃え尽きてしまったリックのアパートも、ぬくぬくしていた。

(そりゃあもちろん、狭いワンルームだったけど……)

初めての給料で買った大きめのベッドには、柔らかい素材のクッションを敷き詰めて、手触りのいい毛布を二枚重ねていた。それが部屋のほとんどを占めていたが、リックには十分だった。その上で丸まって、自分の尻尾を抱えながら眠るのが大好きだった。

そういえば先週、冬眠用にお洒落な木の実入れを買ったのだ。空腹で眠りから覚めてすぐ手を伸ばせるように、ベッドの脇に置くつもりだった。

まだ買ってきたきり、段ボールに詰めたままだ。今日の夜にでも開けようと思っていた。明日から冬眠休暇だから丁度いいと。

わくわくしていた、楽しみにしていた。段ボールを開けるのを、冬眠を、心待ちにしていた。だが、それも全部燃えてしまった。全部、全部だ。

リックのお気に入りのベッドも、新しい木の実入れも、思い出も、全部すっかり、ただの灰になった。

「……暖かい家が、いいですよね」

リックは、もう戻ってこない部屋の事を思い出して、ちょっとしんみりしてしまった。しょんぼりとしたせいだろう、耳はへたり、尻尾の先もくるんと丸まってしまう。

「今日からは、ここを我が家だと思えばいい」

静かだが力強い言葉に顔を上げれば、ディビスが次の部屋の扉を開いていた。

「え？」

「リスの獣人と知り合うのは初めてだから、いまいち自信がないんだが。……まぁ、足りない物があったら遠慮なく言ってくれ」

何の事を言っているのかわからず、リックはディビスが開いた扉の向こうを覗く。そして、目を見張った。

「……あっ」

そこは、広々とした部屋だった。

部屋の中央には、大きなベッドが備え付けられてあった。その上には、リスの冬眠には欠かせないふわふわのクッションと、柔らかそうな毛布が乗っている。

更に、枕元のチェストには銀の盆が置かれ、上には木の実が積み重なっていた。その横にあるボールは殻入れだろう。おまけのように、クッションとクッションの間に「リスのぬいぐるみ」が置いてある。そのつぶらな瞳は、真っ直ぐにリックを見つめていた。

多分そう、この部屋は……。

「この部屋って、もしかして……」

「好きに使ってくれ」

ディビスはそう言って、更に大きく扉を開けてリックを促す。リックは、恐る恐る部屋の中へと足を踏み入れた。

「わ……」

スリッパを履いていてもわかるほどふかふかの絨毯。ライトは入り口の方にひとつと、部屋の中央、それから枕元と窓辺。それぞれ優しい明るさで、部屋を照らしている。

窓辺には机とソファ、それに衣装ダンスもある。まるで上等なホテルの一室だ。

（わざわざ、俺のために、準備してくれたのか……？）

理解した途端、リックの胸に、ぐわっと熱いものが込み上げた。

火事の時に流し切ったと思っていた涙が、またもや目尻にじわりと浮かぶ。涙というのは、中々枯れ果てないらしい。

「デ、ディビスさん……」

「何か足りないか？」

「違っ、……だって、他人の、何も知らない俺のために、こんな……申し訳なくて……」

後半は、もはや言葉にならなかった。身振り手振りで伝えようと腕を振ったがどうにもならず、リックは俯いて首を振る。

見も知らない、突然押しかけてきたような形のリックのために、たった数時間でディビスは部屋を整えてくれたのだ。リックが、心地良く冬眠できるように、と。我慢できなかった涙が、ぽたりと一粒、絨毯に落ちた。

「……偶然」

「えっ？」

「偶然、俺は明日から冬眠休暇で」

何の話だろうか。と、流れた涙はそのままに、リックはディビスを見上げる。

「偶然、リックさんのアパートの火事を消しに出動した消防隊員が、俺の仲の良い同僚だった」

頭の中に、優しい顔をした消防隊員の顔が浮かぶ。リックがぱちぱちと瞬(まばた)きすると、涙が数粒、ころりと転げていった。しかしそれだけだ。いつの間にか、涙は止まっている。

「偶然、俺には冬眠に適した家があって、部屋が余っていた」

「あ、あの」

「偶然、同僚から電話を貰った時、俺は冬眠グッズを扱う店にいたから、リスの冬眠に必要な物も買い揃えられた……つもりだ」

そこはいまいち自信がないのだろう。ディビスは言葉を濁して、困ったように頬をかく。

「ディビスさん」

「偶然も重なると、必然になる。……きっと、そういう事だ」

多分ディビスなりに、リックを励まし、気を遣わなくて良いと言ってくれているのだろう。

リックは謝罪の言葉を重ねようと思ったが、ディビスが、今以上にそれを求めていない事がわかって、ただもう一度だけ頭を下げて、礼を言った。

「あ、ありがとうございます。……あ、でも。こんないい部屋、俺、使えないです」

流石にこの部屋は分不相応すぎる。体も小さなリックには、もっと狭い部屋で十分だ。

首を振るリックに、何故かディビスも首を振ってみせた。

「ここが客間なんだ。この部屋が嫌だと言われると困る」

「きゃ、客間？」

「あぁ。他にベッドがあるのは俺の部屋しかない」

ディビスの言葉に驚いて彼の顔を仰ぎ見れば、彼は肩を竦めて笑っていた。

「一緒に寝るか？」

「ひぇ……っ？」

リックは「ひゅっ」と息を飲んでから、ぶるぶるぶるっ、と首を振りまくった。

「だだだ大丈夫ですっ、大丈夫っ！　こっ、このお部屋をありがたく使わせていただきます！　あのっ、本当にっ、ありがとうございます！」

「そうか、残念だ」

ディビスはあっさりとそう言って、部屋を出て廊下の方へと戻っていった。リックは愛想笑いを返しながら、ぐわしっと胸元を押さえる。

驚いた。いや、初めて会った時から思っていたが、わかっていたつもりでわかっていなかった。何というか、多分、世間一般的に言って、ディビスはとても良い男だ。とても、どころではない、めちゃくちゃ良い男。「一緒に寝るか」と余裕ありげに微笑む顔は、出会ったばかりのリックの心臓さえ直撃した。

恋愛的な感情がなくとも、同性であろうとも、いい男に思わせぶりな事を言われると胸が高鳴るのだと、リックは初めて知った。

（イケメン熊獣人……凄い、破壊力だ）

別に汗をかいた訳ではないが、なんとなく「ふぅ」と息を吐きながら手の甲で額を擦る。

「次の部屋に案内しよう」

扉の向こうから、ひょこっとディビスが顔を出す。リックは、ぶわっと尻尾を膨らませながら、「は、はいっ！」と直立不動で頷いた。

四

廊下の壁はオフホワイトで統一されていて、明るいブラウンの柱とマッチしている。見ているだけで落ち着く、感じの良い色合いだ。そこを歩くリックの足取りも、先程よりかなり軽くなっていた。

（ディビスさんを見た瞬間は「もしかして俺が保存食にされるのでは？」なんて思ったけど……、なんか全然そんな事なさそう）

ディビスについてくてくと歩きながら、リックは涙の名残りで鼻をすすった。

（家もぬくぬくだし、ディビスさんは良い人っぽいし……まぁ、ちょっと怖いけど）

火事にあってからこっち、下を向きっぱなしだった気持ちが、ここに来て上向きに軌道修正された。

（……良い冬眠になるかもな）

現金なのかもしれない。だが、冬眠前のあの言い知れぬわくわく感が、ようやくリックの心に戻ってきたのも、まぎれもない事実だった。


その後、あらかた部屋を見て回って、最後に辿り着いたのは、食糧庫だった。キッチンの奥から続く扉の向こうにあったそこは、まさしく食糧の倉庫。パントリーというには、あまりに大きすぎる。

「冬眠のための食料は全部ここに詰め込んでいる。ある程度は部屋に持ち込んで貰って構わない。鍵もかけてないし、好きな時に好きな物を食べてくれ」

「は、はぁ」

開け放たれた扉の向こうを覗いて、リックはひたすら目を丸くする。業務用と思しき大きな冷蔵庫と冷凍庫、更に備え付けの棚にびっしりと詰め込まれた食べ物、食べ物、食べ物の山。働いている飲食店でも、こんなたくさんの食料は貯蔵されていない。

この先何ヶ月か過ごすためとはいえ、かなりの量だ。やはり熊獣人ともなると、消費量がリス獣人とは天と地ほどに異なるらしい。

「凄いですねぇ。……あ、あのぅディビスさん」

「ん？」

「俺、じ、実は飲食店の厨房で働いてて……」

「そうなのか」

リックの言葉に、ディビスが驚いたような顔をする。それが何となく嬉しくて、リックは少々意気込んで話を続けた。

「もっ、もし良かったら、いつか俺が料理を……」

作ってもいいですか、と言いかけたリックの目に、ふと、ある物が止まった。リックは思わず言葉を切って、「あ……」と小さく呟く。不自然に言葉を切ったリックの視線を追って、ディビスもそちらを見た。

その一角には、木の実の入った箱が積まれていた。ちょっとした箱ではない。リックが両手を使っても抱えられそうにないくらい大きな箱だ。その箱に書かれた品名……それは、リックにとっては超が付くほど高級な木の実だった。

そう、今日手土産にと買ってきた木の実よりも、更にワンランクもツーランクも高級な。間違いなく、リックには手が出せないような代物だ。それが、箱詰めになって山盛り積んである。

「あ、木の実、たくさん……」

リックは笑おうとした。自分が意気揚々と持ってきた木の実が、先程まできらきらと輝いて見えたそれが、一気にちんけな物に見えてしまう。

「リックさん？」

「すみません。それ、俺が持ってきたやつ……」

リックは若干頬を引きつらせながらも、どうにか笑みの形を作る。

「ちょこっとしかないし。ここにあるやつより、安くて……その……」

情けなくて、恥ずかしくて、リックはディビスから視線を逸らしながら頭をかいた。そして、しゅんと肩を落とす。

「その、すみません。俺なりに、良いやつを買ったつもりだったんですが……」

結局、正直にそう言ってから、あまりにも自虐的な内容だったと気が付き、リックは「はは……」と情けない声で、誤魔化すように笑った。

ディビスはそんなリックを、じっ、と見つめた後、手に持った紙袋へ視線を戻した。そして、紙袋に手を入れて、中から小さな箱に入った木の実を取り出す。

「あ……」

どうするのだろうと思って見ていると、ディビスは食料庫の中を進み、比較的物が少ない、けれど何やら質の良さそうな物が並んでいる棚の前に立つ。そして小さな脚立を使って、その棚の一等高い場所へ木の実の箱を置いた。

「あの、ディビスさん？」

「これは、特別な木の実だ」

「……特別？」

ディビスは脚立を下りて戻ってくると、リックの正面に立った。

「火事で全てを失くす辛さを、少しはわかっているつもりだ。……俺は、消防官だから」

ゆっくりと、しかしはっきりとした口調で、ディビスは言葉を紡ぐ。

「そんな辛い状況でも、リックさんは俺を気遣って木の実を買ってきてくれた」

「ディビスさん」

「特別な木の実だ。……春になったら食べよう」

リックは、自分が息をするのも忘れてディビスを見上げていた事に気が付いた。

慌てて、すはっ、と空気を吸って、そして、ぺこりと頭を下げた。

「……はい……っ」

とても短い返事になってしまったが、ディビスにはそれで十分だったらしい。満足そうに微笑むと
「リビングに戻ろう」とのっそりと歩き出した。

大きなその背を追うように身を翻してから、リックはもう一度食糧庫の中をちらりと振り返った。

（春に、なったら……）

入り口からもよく見える、一番高くて一番良い場所に、リックの買ってきた木の実が置いてある。

それは、胸に抱えて持ってきた時より、もっとずっと、きらきらと輝いて見えた。

「大丈夫か？」

立ち止まってしまったリックに、ディビスが廊下の向こうから声をかけてくる。

「はい、大丈夫です」

なんだか胸の内がむずむずするような嬉しさに、ふにゃりと口元を緩めてから、リックはディビスに向かって返事を返した。

*

「じゃあ、後は好きにしてくれればいい」

「はい。あの、何から何までありがとうございます」

夕飯を食べさせて貰い、風呂に入って、ホットミルクまで飲ませて貰った。寝る準備は万端だ。

リックはホコホコと温かいお腹の辺りを撫でてから、にっこりと笑った。

「パジャマも準備して貰っちゃって……すみません」

もこもこの素材の上下セットのパジャマは、全身茶色でパッと見、熊の着ぐるみのようだ。というよりそういうデザインなのだろう、胸元には動物の熊のワッペンが貼り付いている。

かなり幼いデザインだが、それも仕方ない。ディビスは小型獣人の服がどんな物かよくわからなかったので、大型獣人の子ども用を買ってきてくれたと言っていた。

もちろん、それに文句を言うつもりはない。何も服を持たないであろうリックを気遣って、わざわざディビスが揃えてくれたのだ。礼を言う以外に何を言うというのか。

「似合っている」

「は、はは……ありがとうございます」

リックは、もうすぐ二十歳になる。この歳(とし)でこんな可愛らしいパジャマが似合うと言われても、恥ずかしいばかりだが、まぁ買ってきてくれた本人が満足そうなのだからいいだろう。

照れたように笑うリックを見ながら、ディビスが首を捻(ひね)った。

「リス獣人は、みんなリックさんのように可愛いのか？」

「は、はは……？」

冗談かとも思ったが、ディビスは至極真面目な顔をしている。腕を組んでしばし考え込んでいたディビスは、納得したように頷いた。

「リックさんは中身も可愛い。中身が外見に滲(にじ)み出ているのか」

「は、はは、ははは」

もう何も言うまい。リックはただひたすら笑う他なかった。

「じゃあ俺は部屋に引き上げる」

「あ、はい、お、おやすみなさい」

結局その話はうやむやのまま、ディビスは「おやすみ」と言ってのしのしとリビングを出て行ってしまった。どうやら、ディビスも特段リックの返事を期待してはいなかったようだ。ただ自分が思った事をそのまま口に出しただけらしい。

ディビスの真意はやはりよくわからなかったが、まぁ、悪い人でない事には間違いない。リックは頭をかきながら、用意された部屋に引っ込む事にした。

五

「ふぁ、くぅ……」

欠伸(あくび)を堪(こら)えながら、リックはのそのそとベッドに乗り上げる。ぬくぬくと暖かい部屋のベッドの上は、それはもう気持ちが良かった。

クッションを真ん中の方に寄せて、ぽんぽんと叩いて固める。そこに、柔らかな毛布を手繰り寄せ、被りながら身を丸めた。ついでに手を伸ばして、リスの人形を腕の中に抱き締める。

「んむ、……むぅ」

すりすりと頬を寄せれば、それはとても肌ざわりが良かった。リックは自分の尻尾を股の間に通し、体の前に持ってくる。もふもふとした慣れたその感触が、リックの眠りを誘う。

リスのぬいぐるみと自分の尻尾。まとめて抱き締めて、クッションに埋もれて。これ以上の幸せはないという程、気持ち良くて暖かい。

「ふぁあ……あふ……」

(眠い……。でもまだ、色々考えないと……)

短時間で欠伸を連発しながらも、リックはどうにか眠気を払おうと首を振る。

火事の事やその後の家の事を、もう少し考えたい。この時期に、こんなに冬眠に最適な場所で寝てしまうと、中々目が覚めなくなってしまう。

もちろん、冬眠中であっても腹が減ったら起きるし、風呂にも定期的に入って身繕いもする。が、基本的にはほぼ寝て過ごす。起きている間も、通常よりぼやぼやと意識が混濁している事がほとんどだ。つまり、寝惚けている。だがもう、それは仕方のない事なのだ。リック達獣人の体が、そういうふうに出来ているのだから。

（だから……、その前に、眠っちゃう、前に……）

むにゃむにゃと口を歪めながら、リックは目を開こうとする。……が、何故かそこは暗闇だった。

何故ならそう、リックがしっかりと目を閉じているからだ。

（う……あ……ディビスさんって……）

ふと、頭の中に、見た目は怖いが中身は親切な熊獣人が浮かんでくる。顔が良くて、大きくて、逞しくて、大きな家に住んでいて。リックとは正反対のような人物。そして、リックの事を可愛いなんて言ってくる変な人。

（変な人……でも、いい人……）

男に言い寄られた事は、実はこれまでも何度かある。それは、リックが小型獣人だからだ。

比較的体の小さい小型獣人は男も女も関係なく、一定数、大型や中型獣人からモテる。いや、モテるのとはちょっと違う。侮られている。

小さくてひ弱で抵抗力のない小型獣人は「そういう遊び相手」にはちょうどいいのだ。つまり、性的対象にされやすい。

店で働いている時や外を歩いている時、たまに中型、稀に大型の獣人に声をかけられた。「よぅ、尻尾の大きなかわい子ちゃん。一晩遊ばないかい？」というような事を、下卑た笑いとともに。

もちろん、そんな誘いに乗った事は一度もない。が、どんな時も、恐ろしかった。彼らはリックを、好きなように出来る存在、としか見ていなかったからだ。

(でも、ディビスさんは……)

リックの持ってきた木の実を、「特別」と言ってくれた時の彼を思い出す。ディビスは、とても真摯な目をしていた。

(ディビス……さんは……)

段々と、体が丸まっていく。クッションの波に漂って、沈んで、浮かんで、ぷかぷかと暖かい海を彷徨(さまよ)って。

そうしていつの間にか、リックは眠りに就いていた。

*

ぐぅ――……。

「んぁ」

自分の腹の音で目が覚めた。

リックはくしくしと手のひらで顔を擦ると「くぁ」と欠伸をして、クッションの上をもぞもぞと移動する。

木の実をひとつ摘（つま）んで、殻割用の金槌（かなづち）でコンコンと叩き、中身を取り出す。続けて、ふたつみっつと割って食べてを繰り返した。

目を閉じて、半分眠ったような状態で、次の木の実に手を伸ばす……と、ぺたぺたと平らな感触が指先に伝わってきた。

「ん？」

片目をちゃんと開けて見てみると、銀の盆の上に積まれていた木の実は、見事に全部なくなっていた。何度か起きて食べてを繰り返していたからか、最初に用意された分が底をついてしまったらしい。

「ん、んむ〜〜」

木の実がなくなったなら、食糧庫に取りにいかねばなるまい。

リックはとろんとした顔のまま立ち上がる。と、片手にリスの人形を抱えたままだった事に気が付いた。なんだかんだこの人形を気に入っている自分が面白（おもしろ）くて、「ふへ」と笑ってから、自分の代わりにベッドに寝かせ、毛布を掛けた。

スリッパを与えられていた事も忘れて、ぺたぺたと裸足で廊下を歩く。

（さっぱりした……けど眠い……）

木の実を取りにいくついでに風呂に入ろうと、バスルームへ行った。風呂を溜めている間にうつらうつらして、湯に浸かってもうつらうつらして、着替えながらうつらうつらして。気持ち良くて、そのままバスルームの床で寝そうになったが、どうにか堪えて食糧庫へ向かう。

「ふぁあ……」

むにゃむにゃと欠伸を噛み締めながら食糧庫に辿り着き、持てるだけ木の実を抱える。何しろ眠くて眠くて、気を抜くとどんどん目蓋が落ちてくる。木の実を落とさないように気を付けるので精一杯だ。

「えと……こっちか……」

ほとんど開いてない目で行先を確認しながら廊下を進む。あっちこっち蛇行しながら歩いているので、今どこにいるのかよくわからなくなってきた。

「ん？　こっち……？」

何だか長い事廊下を歩いている気がする、と思いつつも、リックはよたよたと歩き続ける。

冬眠期間は、ただでさえ判断能力が鈍る。余程の事がない限り、しっかり目を覚ます事はないのだ。そんな冬眠を慣れない家（しかも広い）で迎えているのだから、迷うのも当然といえば当然……なのだが、迷っている事にすら、リックは気が付いていない。

「あ、こっちらこっちら……」

もはや言葉さえあやふやになりながら、リックは部屋の扉を開ける。途端、ぬくぬくとした空気が漂ってきて、リックはふにゃと笑いながら中へと進んだ。

枕元に木の実を置こうとして、まだそこにたくさん木の実が積まれている事に気付き、首を捻る。木の実どころか、それ以外にも色んな物が積まれている。リックが食べた事もないような魚や肉を燻製にした物まで並んでいる気がするが、眠くて、それすらどうでもよくなる。

倒れ込むようにベッドに乗り上げて、クッションにしがみ付いた。なんだかクッションが硬くなった気がして、手足を使ってふみふみとならす、が、やはり硬いままだ。そう、硬いのだ。

が、しかし。

（ぬくぬくぅ……）

妙に暖かい。もしかしたら、熱を発するクッションなのだろうか。そんな物まで準備してくれていたとは……、と、リックは目を閉じたまま、無口なイケメン熊獣人に感謝の念を抱く。

「でぃ……びす、さん……」

ありがとう、と言おうとしたが、口はもごもごと不明瞭な音を出すだけだ。

ディビスの名を呼んだ瞬間、なんだかクッションがうごうごと動いた気がするが、まぁ勘違いだろう。リックはぬくぬくとしたクッションにしがみ付いて、夢の世界へと旅立った。

眠る直前、リスの人形を置いたままだった事を思い出し、手探りで探す。しばらく手を彷徨わせ、ようやくそれらしい物を見つけてギュッと抱き締めた。なんだか人形まで硬くなった気がするが、確かめる余裕は、今のリックにはない。

そのうちに、ふたつの寝息が、重なり合うように、すや、すや、くぅ、くぅ、と暖かな部屋の中に響き出した。そう、ひとつではなく、ふたつ。

一人ではなく、二人分の寝息が……。

六

小さなリス獣人の少年が、木の実を抱えて森の中を走っていく。白い息を忙しく吐き出して、時折石に躓いて前屈みにたたらを踏んで。

少年の目の前に、小さな木の家が現れる。手が塞がっているので、肩で押すように扉を開いた。それでも笑いながら、嬉しそうに。

『ただいまぁ！　おかあさんっ、木の実っ、取ってきたよぉ』

息を切らしながら飛び込んできた少年を見て、彼の母親であるらしいリス獣人が、『おかえり』と笑う。少し身を屈めて、少年の毛糸の帽子に口付けると、少年から木の実を受け取り、にっこりと微笑んだ。

『ありがとうね。これで今日は、木の実のシチューが出来るわ』

少年の帽子とマフラーを取ってやりながら、母親が笑う。少年は誇らしそうに胸を張って、きょろきょろと部屋の中を見渡した。

『あれ？　おとうさんは？』

『庭に薪を取りにいったのよ。暖炉の掃除が終わったから』

それを聞いた少年の顔が、ぱぁ、と明るくなった。まだ手袋をしたままの手を握り締め、興奮した様子で母親を見上げる。

『僕が最初に火を点けるんだよ！　ねっ、ねっ？』

『ふふ、お父さんに聞いてごらんなさい』

お父さんがいいって言ったらいいわよ、と片目を閉じた母に、少年は尻尾を膨らませて、目を輝かせた。

『……うんっ……うんっ！』

何度も何度も頷いて、地団駄を踏むように足をバタバタと動かす。そわそわと部屋の中を行ったり来たりした後、少年は『僕、ちょっと外にいってくる！』と叫んだ。もう我慢できない、とでも言うように、視線は窓の外を向いている。

『暖かくして行くのよ？　ほら、マフラーと、帽子も、しっかり付け直して』

『はぁい！』

威勢の良い返事とともに、ぐるぐると自分にマフラーを巻き付け直し、ズボッと更に深く帽子を被った少年を見て、木の実を抱えてキッチンへと戻る母が笑った。

『リックは、暖炉が好きねぇ』

『好きっ！　とってもぬくいんだもん！』

マフラーに顔を埋めて、少年、リックが笑う。

『暖炉の前に毛布持ってきてさ、おとうさんとおかあさんとくっついてるの、好きなの』

リックは目を閉じて、その場面を思い浮かべる。

『それでね、寝る前に絵本読んで、暖炉であったためたミルクを飲むんだ……』

そして、リックがうとうとし出すと、父がベッドまで運んでくれる。母が『あら、この子寝ちゃったのね』なんて言って、頰にキスをしてくれて。リックは夢うつつで、そのくすぐったい感触を笑うのだ。暖かい、とてもとても幸せな夜。

そのうちに、目を開けているのか、閉じているのかもわからなくなって。目の前にいた筈の母はどこかに消えて。懐かしい匂いも遠のいて。

リックは暗闇の中で、尻尾を抱えて丸くなっていた。

（あったかいね、おとうさん……おかあさん……）

暖かさは、リックにとって、幸せの象徴だ。

(あったかいよ……)

幸せは、触れるととても暖かい事を、リックは知っている。

*

「……んがっ?」

体が、びくっ、と跳ねて、ぼんやりとだが覚醒する。

リックは、自分が下敷きにしているクッションを、手のひらでもにもにと押した。

なんだか、とてもいい夢を見ていた気がする。暖かくて、懐かしい夢だ。目覚めたそばから、さらさらと砂のように流れて消えていくが、「いい夢だった」という事だけは覚えている。

そんな夢が見れたのは、きっと……。

(このベッドの中が、こんなにも暖かいからだなぁ)

リックは満足気に「ふぅ」と息を吐いてから、もう一度、自分が乗っかっているクッションをならそうと、手と足でふみふみと踏んだ。

(ん?)

なんだか変な感触だ。クッションにしてはえらくぐにぐにしているし、硬い。

「……ん？　んん？」

リックは薄らと目を開く。

目に入ったのは、濃い紺色。確か、クッションの色は白だった筈だ。こんな色のクッションは初めて見た。

「んえ？」

そろりそろりと、目線を上げていく。紺色のそれは、服だ。少しふわふわとした、明らかにクッションとは違う素材の、服。

「え？　……え？」

服という事はもちろん、それを着ている人がいる訳で。

「いえええっ？」

見上げた先に、厳つい（いか）が整った顔が見えた。口をむっつりと引き結んで、目を閉じている。顎の辺りに少しばかり無精髭（ひげ）が見えるのは、きっと、長い事眠りに就いているからだろう。いや、それはいい。どうでもいいのだ。問題はその人物だ。そのシャープな顔付き、イケメンのそれは、そう。

「デっ、デデっ、デデデディビスさんっ？」

リックは勢いよく、クッション、もといディビスの上から転がり落ちた。まぁ、落ちたところで、ぼすんっ、と大きなベッドが受け止めてくれたのだが。

リックがあわあわと慌てふためくのに合わせて、尻尾の毛が、ぶわわわわっと大きく広がる。声もみっともなく裏返ってしまった。が。それも致し方ないだろう。何故、どうして、一体何があって、家主の上で寝こけているのか。

「なんっ、なっ、なにっ、えっえっ？　ここっ、えっ？」

きょろきょろと部屋の中を見回して、ようやく、そこが自分に与えられた部屋ではない事に気が付く。部屋の造りは似ているが、置いてある家具もその配置も全く違う。そもそも、ベッドの真ん中で熊獣人が寝ているのだ。リックの部屋の訳がない。

「おっ、おっ、おれっ、おれっ？　な、なんでここにっ、ごっ、ごめっ、ごめなさ……っ」

リックは両手を口の前に持ってきて、あわあわと首を振る。なんだかもう、泣きそうだ。

状況から察するに、どうやらリックが寝惚けてディビスの部屋に忍び込んだものと思われる。他の部屋と間違えるにしても、よりによってディビスの部屋に入るとは。あまつさえ、寝こけて、乗っかって、クッション代わりにふみふみするとは……。

（ていうか……え？　俺……）

そういえば、夢うつつにクッションに抱きついたりリスの人形を抱き締めたり、その耳を噛んでちゅうちゅう吸ってしまったような記憶がある。だって仕方ないのだ、その時はなんだか無性に腹が減って口寂しかった。しかし、ここにリスの人形はいない。つまりリックは、「リスの人形の耳に代わる何か」をちゅうちゅうちゅぱちゅぱ吸っていたのだろう。

（ひぇ――――っっ！）

もはや悲鳴を上げる事も出来ず、リックは頭を抱えて身悶える。

（何をやらかしてんだ……、何をやらかしてんだっ！）

恥ずかしくて申し訳なくてやっぱり恥ずかしくて、リックはどったんばったんしながらベッドに頭を打ちつける。

と、その時。暴れるリックの腕を、ディビスが、がしっと摑まえた。

「……はひ？」

目の前の景色が残像のように映って消えて、視界が紺色に染まる。気が付けばリックは、仰向けになったディビスの体の上に乗っかっていた。先程まで、良い気持ちで眠っていた場所だ。

「まだ春じゃない……寝よう……」

「え？　え？」

何ですって、と聞き返したいが、その前に、「すやすや」と規則正しい寝息が聞こえてきた。つまりそう、ディビスは、寝た。

「あの、ディビスさん、あの……」

背中に太い腕を回され、ディビスに抱き締められているような格好になってしまった。しばし抵抗してみたが、リックの力ではどうにもこうにもなりそうにない。

動きを止めると、定期的に膨らんでは萎むディビスの胸の動きを、しっかりと感じられるようになった。一定のリズムのそれは、なんだか無性に心地良い。

「あの……あぅ」

「よしよし」

何か言おうと思ったのだが、背中に回った腕、というか手が、リックのそこをトン、トン、と叩き出した。大きな手のひらしからぬ優しい動きに、やはりまだ冬眠中のリックの思考が、くにゃりと歪む。

いや、この一大事に何を、と思うのだがしかし……。

(き、きもちいい……)

ほんわ、と思わず微睡(まどろ)んでしまってから、リックは慌てて首を振る。危うく、あっさりと眠りの世界へ誘われるところだった。

「ま、待って……ディビスさん、まって……」

「よし、よし……」

トン、トン、のリズムに合わせて「よしよし」と言われ、時折頭も撫でられて、初めはジタバタと抵抗していたリックの手足から、どんどん力が抜けていく。

「いや、よしよしじゃ……なくて……ふぁ」

ついに欠伸が飛び出してしまって、リックは焦る。気持ちは焦るのだが、体が言うことを聞かない。

そもそも、この部屋が快適すぎるのだ。程良い暖かさ、柔らかな間接照明の明かり、クッション……ではないがディビス、そしてトントン。これで、冬眠中の獣人に「寝るな」という方が酷な話だ。

例えそれが、絶対に寝てはいけないような場所であったとしても。

「いや、あの……らめれすって……」

「……ん？　腹が減っているのか……？」

む、と呟いたディビスが、片手を枕元に伸ばす。指先で木の実を探ると、その殻を、親指と人差し指で「パキャッ」と割った。

「ほら……」

「んぐ、ありがとうございます。んむんむむ……じゃなくてぇ……」

「食べろ」と言わんばかりに木の実を差し出されて、思わず食べてしまった。ちゃんと平らげてから、リックは自分の体たらくにがっくりと肩を落とす。脱力すると、そのままディビスの体に張り付くような形になって、余計に眠気が増す。

「らから……その……あの……」

「いい子だから、大人しく眠るんだ」

まるで、聞き分けのない子どもに言い聞かせるような口調だ。リックは何か一言言ってやりたい気持ちになったが、それも適(かな)わず。

「もう……おれは……、おれぇ」

「いい子だ」

背中を叩く、トン、トン、という音。うつ伏せになった腹や胸、全身から伝わってくる温もり。全てが気持ち良くて、リックの目蓋は、瞬きとともにどんどん下がってくる。

「で、……び」

根性のない目蓋がとろりと閉じて、目の前に暗闇が広がった。

「おやすみ、リックさん」

それは、とても優しい暗闇だった。

七

がさごそと何かを探るような物音で、リックは目を覚ます。意識は相変わらずぼんやりしているが、自分が何かを必死に抱き締めている事はわかった。

「あ、し……？」

太くて逞しいそれは、ディビスの足だ。何故かリックは、ディビスのすね辺りに必死にしがみ付いていた。どうりで、丸太に縋りながら川を流される夢を見ていた訳だ。

「悪い、起こしたか」

謝罪の言葉が降ってきたので、そちらに目をやる。と、足を投げ出したまま半身を起こしたディビスと目が合った。彼はその手に、魚の燻製を持っている。どうやらそれを齧っていたらしい。リックはぼんやりとしたまま、のろのろと首を振る。

ディビスは、がぶがぶっ、と魚を食べてしまうと、枕元の木の実を数個手のひらに乗せた。

「リックさんも、少し腹に入れておくといい」

おいでおいでと手招かれて、リックはのそのそと四つん這いでそちらに向かう。そして、ふらふらしながら体を起こし、ぺたんと座り込んだ。

「ほら」

パキ、と木の実の殻を割って、ディビスがそれをリックの口元に差し出してきた。

リックは無意識に「あ――」と口を開け、ひょいひょい、と何粒か放り込まれたそれをカリコリと嚙み締める。

「ふ……」

よく噛んで飲み込んで、そうするとまた木の実を何粒もまとめて与えられる。その繰り返しの途中で笑い声が聞こえて、リックは閉じたままだった目を薄らと開いた。

「頬が、ぱんぱんだ」

ディビスが、リックの頬を軽く突つく。

「リスには頬袋があると知っていたが、本当にたくさん入るんだな。……なんだか、野生のリスを手懐けた気分だ」

「へ？」

「ほら、これで最後だぞ」

「あ、あ？　あ――ん」

ディビスは春の木漏れ日のように眩しく優しい微笑みを見せた後、最後の木の実をリックの口に放り込む。その笑顔に思わず見惚(みと)れたまま、リックはもぐもぐと木の実を咀嚼(そしゃく)した。

最後の一粒までリックが食べ終わるのを見届けてから、ディビスは「シャワーを浴びてくる」とあっさりとベッドから下りる。リックは「あ、はい」と頷くしかなかった。

パタン、と閉まった扉を確認してから、リックは、ぼふっとベッドに倒れ込んだ。大きな枕に抱きついて、「？？？」と疑問符を頭の上に浮かべながら、首を捻る。

（お、俺は何をやっているんだ？）

ディビスにトントン（リックはこれを「魔のトントン」と呼んでいる）で寝かしつけられてから数日。リックはディビスの部屋で過ごし続けている。そう、あの日からずっとだ。何度か食べ物を食べて、何度か風呂にも入って、それでもここにいるのだ。

もちろん、あの後目覚めた時に、すぐ部屋を出て行こうとした。が、しかしそれが叶ったためしはない。

（だってさ、本当にさ、快適すぎるんだよぉ……）

そう、ディビスと一緒に寝ると、何もかもが快適すぎる。「魔のトントン」は数秒でぐっすり寝付ける程気持ちいいし、お腹が空いたら木の実を割って食べさせてくれるし、何より、ディビスの体はクッションより抱き心地が良い。

困った事に、最近は自分の尻尾よりもディビスにしがみ付いて寝ている事の方が多い。程良い硬さと筋肉に、どっしりと大きな体。安心感が物凄いのだ。

抱きついて抱き締めて、抱き締められて……リックは近年稀にみる素晴らしい睡眠を享受している。

「こんな幸せな冬眠、いつぶりだろう……」

ベッドの上で大の字になりながら、リックはぼんやりと天井を眺める。誰かと抱き合いながら眠るなんて、それこそ両親が生きていた時以来だ。小さな頃に、大きな父の背に抱きついて寝た時と同じ、だけど全然違う暖かさ。

(パートナーとかいたら、こんな感じなのかなぁ)

いつか、両親のように愛する誰かを見つけて。その人が同じく冬眠を必要とする種族だったら、こんなふうに抱き締め合って、暖め合って眠るのだろうか。

(こうやって、抱き締めて……)

リックは、手近にあった大きな枕を胸元に抱えて、ギュッと抱き締めた。その枕を未来のパートナーに見立てて。

優しく背を撫でて、時折キスをして、おでこを突き合わせて笑って、いつの間にか眠って、眠って、眠って、そのうちに春が来て。いつか愛する人が出来たら、きっとこんなふうに……。

『リックさん』

低く優しい声が耳にかかる。空想の中のパートナーの目鼻立ちが整って、小さかった体は大きくなって、いつの間にやら、自分の方がその大きな腕に抱き締められていた。

そう。もやもやとした白い湯気のような恋人は、イケメン熊獣人へと姿を変えていたのだ。

「……うっ、わっ?」

リックは慌てて起き上がる。

目を閉じていたせいか、いつの間にやらうとうとしていたようだ。涎が出かかっていた口元を拭い、ドキドキする胸を押さえる。

自分と同じ、小型獣人の可愛らしい女性を想像するつもりが、何故、どうして、あの大きな熊獣人に変わってしまったのか。

（なんで？　なんでだ？　なんでディビスさんなんだ？）

自分の頭で考えた事の筈なのに理解できなくて、リックは柔らかな枕に、ぼすぼすと頭を打ちつける。

「リックさん？」

「ひぃっ！」

唐突に、背後から声がかかる。

飛び上がりながら振り向けば、そこにいたのはもちろん、この部屋の主であるディビスだった。

ほこほこと体全体から湯気が立っているように見える。どうやら風呂に入ってから真っ直ぐ部屋に戻ってきたらしい。

「もっ、もっ、もう、お風呂っ済んだんですねっ」

「あぁ。リックさん、わざわざ起きて待っててくれたのか」

「待っ……」

待っていた訳ではないのだが、リックは曖昧に頷いた。ムキになって否定するのも変だと思ったのだ。普通にすればいい。普通に、普通に……。

「そうか」

(そんな嬉しそうに笑わないで欲しいぃ……!)

いや、いいのだ。ディビスには問題はないのだ。問題があるとすれば、それはリックの方。リックの、ディビスの笑顔を見て高鳴ってしまう胸の方だ。

「リックさんも風呂に入ってくるといい。その間にシーツを替えておこう」

見れば、ディビスの手には折り畳まれた新しいシーツが掛かっている。確かに洗濯も必要だとは思っていたが、ディビスに任せきりにするのは忍びない。ただでさえ世話になっているのだからそのくらいは、と思って「俺も……」と言ったリックを、ディビスが片手で制す。

「早く風呂に入らないと、また寝かしつけるぞ?」

悪戯な顔をしてそう言ったディビスは、リックの脇に手を差し込み、宙に持ち上げる。

「う、わ」

ぶらんと宙吊りにされた後、ゆっくりと床に下ろされた。しかもちゃんと、スリッパの上に。ディビスはいつの間に、リック用のスリッパをこの部屋まで持ってきてくれたのだろう。それを聞く前に、「さぁ」と背中を押され促されてしまう。

それ以上は何も言う事が出来ず、リックは「は、はい」と頷いて、すごすごと部屋を出た。

*

風呂に入ってさっぱりしたら、少しだけ頭がすっきりしてきた。リックは腕を組んでずんずんと廊下を進む。

(いやいやいや、快適だからぁ～、なんて言ってる場合じゃないだろ)

ディビスが、あの見かけに反してとても優しい人物である事はわかった。突然寝室の、ベッドの中にまで忍び込んできた客人を受け入れてくれた上に、何故か寝かしつけまでしてくれたのだから。

(その好意に甘えっぱなしじゃ駄目だろ。ていうか、やっぱり……おかしいし)

おかしいだろう。男同士、ひとつのベッドでくっついて眠るなんて。

(おかしい……おかしいだろ。おかしい、よな?)

「おかしいんだ」「やめなきゃいけないんだ」と、間違った事をしているんだと、無理矢理に自分に言い聞かせているように感じて、リックは下唇を噛み締める。おかしいから、というのはあくまで客観的な話であって、実際のところリックがどう思っているかが入っていない。リック自身は、どうしたいのか。

（それは、その……）

ずんずんと勇ましく動いていた足が、ゆっくりとした速度に変わる。

どんなに考え事をしていても、寝惚けていても、もう部屋までの道を間違える事はない。部屋、というのはつまり、ディビスの部屋の事であって。気が付けばリックは、またも彼の部屋の前に立っていた。

「う……」

ドアノブにかける手が、その扉を開くのを僅かに躊躇っている。だが、いい加減、そこを開けてはっきりと言うべきなのだ。「俺、貸して貰ってる部屋に戻ります」と。自分が抱きつくべきはディビスの足でも腕でも首でもない。自分の尻尾とリスのぬいぐるみだ。

すーはーと深呼吸を繰り返し、よし、と気合いを入れて、勢いよく扉を引く。

「ディビスさん」

ふわっ、と暖かい空気が、リックの全身を包み込んだ。

ディビスはベッドの上に腰掛けて、ゆったりと雑誌をめくっていた。リックが部屋に入ってきた事に気が付くと、視線を上げて、目だけで笑ってみせてくれる。

「おかえり」

思いがけない言葉に、リックは目を瞬かせた。

八

頭の中に、幼い頃に過ごした、小さな木の家が蘇る。

リック達家族が住んでいたのは、田舎といって相違ない、長閑（のどか）な山奥だった。夏は涼しいけれど蚊が多くて、冬は雪が積もり近くの湖が凍る、そんな場所。

もう、十何年も前なのでかなり記憶は薄れているのに、日常のちょっとした事だけは覚えている。家の裏にある井戸が深くて暗くて怖かった事や、父が箱に入れて大事にしていた釣竿（つりざお）に触れてみたかった事、壁に飾られた母の刺繍（ししゅう）絵の美しさ、暖炉に火が灯った時の匂い、そして、「おかえり」という暖かくて優しい言葉。

最近は、人に出迎えられる機会がとんとなくなってしまった。一人暮らしの部屋で出迎えてくれるのは、物言わぬ大きなベッドくらいだ。

ディビスが何の気なしに言ったのであろう「おかえり」は、どうしてだか、リックの胸を大きく揺さぶった。多分、部屋の温もりのせい、そして冬眠中であるせいだろう。何にせよ、それを引き金に、一気に懐かしい記憶が蘇ってしまった。

「あ……、ただいま、です」

自分の部屋に戻ります、と言うつもりだったのに、準備していた言葉は口から出る前にどこかに消えてしまった。というより、「言ってやるぞ」という気持ちすら、しゅるしゅると萎んでしまった。

「ディビスさん、俺、えっと、あー……」

それでもどうにか言葉を絞り出そうとして、リックは言葉を紡ぐ。が、しかし、そんなリックに、ディビスの方が首を傾げてみせた。

「どうした？」

様子がおかしいぞ、と言われて、リックは更に口ごもる。

「あ、いや、そのぉ……ちょっと昔の事を思い出して」

「昔？」

ディビスが、読んでいた本を閉じてベッドサイドのテーブルに放る。そして、しばし何事か考えるように口を噤(つぐ)んだ後、「リックさん」とリックを手招いた。リックは少し躊躇ったが、ディビスに従いそちらに寄る。

誘われるままベッドに乗り上げ、ディビスの横に並ぶと、自然と口から息が零れた。ふかふかのクッションと枕を背に置かれ、それに体を埋めるように寄りかかる。

「ちょうど二人とも起きているし、せっかくだから少し話でもしないか」

「え？　あ、はい」

　確かに、冬眠中の者が揃って起きているなんて珍しい。物を食べるにしても風呂に入るにしても、大体どちらかは寝ていたり、夢うつつのふらふらだ。こんなふうに、意識を保ってちゃんと話らしい話が出来るのは、稀かもしれない。まぁ、いつ何時また眠りに就いてしまうかはわからないが。

「俺はリックさんの事を何も知らない。もう少し、リックさんについて知りたい」

「ちょ、直球ですねぇ」

　あまりにも豪快なストレートを投げられて、リックはそのボールを取り損ねてしまいそうになった。出会いの時からそうだが、ディビスはとても真っ直ぐで素直な物言いをする。

「俺の事、俺の事かぁ……」

「さっき、昔を思い出したと言っていた。リックさんはどんな子どもだった？」

　腕を組んで、何を話そうかと悩むリックに、ディビスが問う。リックはぱちぱちと瞬きを繰り返してから、天井を見上げた。

「よくいる、田舎の子どもでしたよ。夏は木に登って虫採って、湖で泳いで……冬はそこでスケートしてました」

「田舎？　リックさん、出身はこっちじゃないのか」

　ディビスの言葉に、リックは彼の方を見る事なく頷く。

「あ、はい。俺小さい頃に両親亡くして、なんかよくわからないんですけど、気が付いたら都会の……、あぁ、こっちの孤児院に預けられてまして」

ディビスが、軽く息を飲む音がした。リックはやはりそちらを見ずに、がばりと身を起こす。

「よっ……と」

そして、膝を折りまげて座ると、そこに顎を置いた。

「まぁ、その……、もう全然昔の事なんで今更どうこうって事はないですよ。家族がいない人なんて、世の中にはいっぱいいるし」

リックは早口でそう言い切ると、黙り込んだ。

この話をすると、大抵みんな「気の毒に」という顔をする。「気の毒に」「かわいそうに」「辛かったでしょう」、そんな言葉は聞き飽きた。もうお腹いっぱいだ。

別にリックはかわいそうでも何でもない。ちゃんと職も得て、金を稼いで、一人で暮らして生きている。誰に何を哀れまれる謂(いわ)れもない。まぁ、今回に限って言えば、火事というイレギュラーで、一人ではどうしようもない状況に陥ってしまったが。

「そうか」

視線を落とすリックの耳朶を、低く短い言葉がくすぐった。

「子どもの頃のリックさんを見てみたかった。きっと可愛かったんだろう」

「へ？」

気になるのはそこですか、と言いかけてやめる。リックは横に座るディビスに視線を送った。ディビスは驚く程に真っ直ぐ、じっ、とリックを見つめていた。

「もちろん、今も可愛い」

「……寝惚けてます？」

ぼんやりと、熱のこもった目で自分を見つめてくるディビスの目の前で、ひらひらと手を振ってみせる。しかしディビスは首を振って、大真面目な顔をして腕を組んだ。

「リックさんは可愛くて、凄いな」

「かわ……凄い？」

何だそれは。意味がわからずに、リス耳をはためかせ尻尾をくねらせる。ディビスはそれを見ると、微(かす)かに頬を持ち上げて笑った。

「凄い」

何がどう凄いとは言わず、ディビスはリックの腰を摑むと、自身の方へと引き寄せた。

「凄い、可愛いのに凄い」

「うわっ、ちょっ、ディビスさん？　絶対寝惚けてるでしょ」

良い子良い子と頭を撫でまわされて、リックはじたじたと暴れる。ディビスはお構いなしに、リックを背中から、ぎゅうっと抱き込んだ。

「俺は、くそ生意気な子どもだった」

「くるじぃ……え？」

ぎゅぎゅぎゅっと抱き締められ、呻いていたリックは、思いがけない言葉に目を見開く。そして、ディビスを振り返ろうとした……が、ディビスの腕ががっちりと絡みついていて、それは適わない。

「大型獣人だし、大抵の事は何でも出来て、勉強も運動も苦労した事なくて」

「は、はぁ」

「金持ちの、まぁ良い家で生まれ育って、何の不自由もなく」

「お、おぅ」

「人生つまらないなぁって思いながら、ただただ生きてた」

「……な、何才くらいで？」

「十才」

「わぁ……」

嫌な子どもですねぇ、とは言わなかった。リックだって同じ条件で生まれていたら、そう思わなかったとは言い切れないからだ。

言わなかったが、何となく思っている事はディビスに伝わったのだろう、彼が「ふ」と鼻で笑ったのが、首筋にかかった風でわかった。

「……そんな時に、消防官って仕事に出合って」

「出合って？」

「あぁ、近所で火事があってな。彼等が命懸けで人を助け、そして、火と戦う姿を見て、……これだ、って思ったんだ」

リックの腹に回された腕に、ぐっ、と力がこもる。まるで、その時の熱い感情を思い出しているように、強く、きつく。

「……まぁ、両親というか親戚中から反対されたけど」

「あ、あぁー……」

確かに、良い家の出というのなら、そういうものなのかもしれない。現場で体を張って人を助けるよりも、何かもっと、こう、金と地位と名誉を得られる職業を目指せと言われたのだろうか。残念ながら、リックには違う世界すぎて、ふわっとした想像しか出来ない。

「勘当同然で家を出て消防官になって……、唯一俺の夢を応援してくれていた祖母が、この家を俺にくれたんだ」

「お祖母(ばあ)さん？」

「あぁ」

あぁ、なるほど。リックは合点がいって頷いた。

独身らしいディビスが、何故こんな家族向けの大きな家に住んでいるのか。不思議には思っていたが、人から譲り受けた物だからと言われれば納得だ。いや別に、独身だから一軒家に住んでいてはおかしい、という事もないのだが。

「……世の中は、大型獣人に甘い」

どき、とリックの胸が鳴る。それは、リックも思った事がなかった訳ではないからだ。

小型より中型、更にそれより大型、種族によって就ける職業の幅が広がっていく。消防官だって、リックには決してなれやしない。例え同じ職業でも、大型獣人というだけで手当が付く場合も多い。

持って生まれたものが違うから、当然といえば当然だ。

小さくて役に立たない小型獣人より、力も強く知力も高い大型獣人が重宝されて当たり前なのだ。

「逆に言えば多分……、世の中は、小型獣人に甘くない」

またも、リックの胸が鳴る。ディビスの言葉が、胸に刺さって痛くて仕方ない。

確かにそれは、事実かもしれない。だが、事実だとしても、それは誰のせいでもない。リックのせいでも、ましてやディビスのせいでも。仕方ないのだ、それがこの世界の決まり事なのだ。だが、それでも、ディビスは「仕方ない」で誤魔化すことなく言葉を紡ぐ。

「俺は人に与えられて、助けられて、ようやく夢を叶えて、こうやって一人で生きていけている」

「……」

リックはゆっくり瞬くと、息を殺して、ディビスの声に耳をすませた。

「リックさんは、一人で、自分の居場所を見つけて、ちゃんと暮らして、生きてきたんだろう」

ディビスの言葉は、聞く者によってはひどく傲慢に聞こえるだろう。だがしかし、リックにはそれが彼の本心からの言葉だとわかっていた。彼が、本当に正直にそう思って、真っ直ぐな言葉でリックに伝えてくれているのだと。

「リックさんは、凄いなぁ」

蕩けそうに甘い声だった。容易に否定するにはもったいないくらいに、甘くて、優しくて、思わず泣けてきそうなくらいに真っ直ぐだ。

リックは別に、特別自分が凄いとも偉いとも思っていなかった。これが当たり前なんだと思うように生きてきた。例え誰かに「苦労してるんだなぁ」なんて言われても「まぁ俺、孤児ですし」なんて自虐的な事を言って誤魔化すように笑っていた。そうやって、予防線を張っていたのだ。その後に続く、同情の言葉に傷付いたりしないように。

他人に、哀れみや憐憫の目を向けられる程、言葉をかけられる程、自分は孤児なのだと、孤独なのだと、まざまざと思い知らされた。そしてそれを突きつけられるたびに、どうしようもなく胸が痛んだ。

今も、胸が痛い、とても痛い。苦しい痛みじゃない、とても、柔らかく抱き締められるような痛みだ。自分を抱き締めるディビスの腕と、同じ。

「そ、んな事、ないですよ……」

彼の言葉には、哀れみも憐憫も含まれていない。彼の言葉は、ただただひたすらに正直で、飾り気がない。

「そんなの……」

リックはディビスの腕を見下ろしながら、首を振った。先程とは違う意味で、彼の顔が見られない。見たらきっと、涙が零れ落ちてしまうだろうと、リックはわかっていた。

「たくさん、いますって」

少し言葉が詰まってしまったのは、鼻をすすったからだ。少しだけ泣きそうになっているのが、ディビスにバレないといい。

リックは必死に下唇を噛んで、自身の腿の肉を指先でつねった。

「俺が出会ったリス獣人は、リックさんが初めてだから」

抱き締められているからだろうか、ディビスの声が、背中から直接体の中に響いて広がる。じわじわと染み込んでくるそれが、リックの心を溶かしていく。

「こんなに凄くて、可愛いリス獣人、俺は……リックさんしか知らない、から……」

もう駄目だ、と思った。もう泣いてしまう、もう無理だ。「……ひ」と情けなく喉が鳴って、慌てて口を押さえる。

聞こえただろうか、とディビスの気配を窺う。と、ずしりと背中の重みが増した。

「わっ！　……ひっく……、ディビスさ、ん？」

ディビスの体が、ずるずると横に倒れていく。つられて、抱き締められているリックの体も横倒しになった。リックはもぞもぞと体を動かし、反転させる。

「………ディビスさん……、ふっ」

振り返ったそこには、すやすやと気持ちよさそうに眠る、ディビスの顔があった。それはもう心地良さそうに、少し口を開いて、口角を持ち上げて、満足気に寝息を立てて。

思わず吹き出しながら、リックはディビスの頬に触れてみる。思ったより柔らかなその感触に驚いて、指を引っ込め、もう一度伸ばして。

「ふっ……ひひ……っ」

「……ありがとう」

小さく感謝の言葉を口にした。

何に対しての礼なのか、自分でもよくわからない。だが、何でもいいと思った。何でもいい、今、彼に礼を言いたくなったから言ったのだ。それで良い。彼のように、素直に思ったままを口にするのも、案外悪くないものだ。

（ありがとう、ディビスさん）

大きな腕に包まれ、優しい寝息を聞きながら、リックもまた、ゆっくりと目蓋を閉じた。

九

次に目覚めた時、リックはディビスの顔に張り付いていた。正確には、顔というか、頭をぎゅっと抱えるようにして丸くなっていた。ディビスはすやすや寝ていたが、寝苦しかったのではないだろうか。

申し訳なさから離れようとすると、今度はリックがディビスに抱え込まれた。まるでリックがリスのぬいぐるみを抱くように、ディビスはリックを胸の中に閉じ込めてしまったのだ。抵抗したのは束の間、温かい腕の中でとろとろと眠りに落ち、気が付いた時には熟睡していた。

そんな事を繰り返しながら、寝て、起きて、たまに木の実を食べて、風呂に入り。ディビスにしがみついて、抱き込まれて、抱き締め合って、腕の中で丸まって……。

ベッドの上をごろごろと行ったり来たりしながら、二人はぬくぬくと過ごしていた。

リックは色んな夢を見た。昔の夢、仕事の夢、両親の夢、友達の夢、それに、ディビスの夢……。

その日見た夢は、とても面白いものだった。

ディビスが語った過去のせいだろうか、子熊になったディビスが消防車に乗って駆けていくという、子ども向けのアニメ番組のような、コミカルな内容だ。ちなみに、何故か子リスのリックまで消防官になっていた。火事の報せを受けた二人が、消防車に飛び乗るのだ。大きなハンドルを握り運転するディビスの横で、リックがサイレン代わりのベルを鳴らしている。リックは「急いで急いで」としきりにディビスを急かしていた。

火事だ火事だ、急げ急げ、と……。

「………ん、んん…」

目を開けたら、ディビスがいた。眠そうな目をしながらも、腕の中にいるリックを見下ろしている。

「でぃびす、さん?」

「なんだ」

ディビスは優しい仕草でリックの目の辺りにかかった髪を払う。剝き出しになったおでこをゆるゆると指の腹で撫でられながら、リックは呟いた。

「……はやく、いかなきゃ、カンカン……」

「なに？」

「俺が鳴らすから、……ふぁ、でぃびすさんは、運転……」

むにゃむにゃと欠伸の合間に指示を出す。早く火を消しに行かねばならない。どこかの森で、鹿の親子が山火事に巻き込まれているのだ。

何の事かわかってなさそうなディビスに、夢と現実の狭間(はざま)でどうにか説明する。しかし、話せば話す程、ディビスは口端を持ち上げる。笑っている場合ではないのに何を悠長な、とリックはうつらうつらしながらも口を尖(とが)らせた。

「……俺とリックさんで、火を消しにいくのか？」

「うん……そう」

やはり面白そうに、笑いを含んだような声で問いかけてくるディビスに、リックは真剣に頷く。一刻を争う事態なのに、何故ディビスは笑っているのだろうか。そう思いながらも、リック自身、体が動かない。早く消防服に着替えなきゃならないのに、腕はディビスに巻き付いたままだ。

「リックさんが鐘を鳴らしてくれるのか」

「……ん？　うん、カンカンする……」

ふっ、と息を吹き出す音がした。そして、リックの体が小刻みに揺れる。いや、揺れているのはリックではない、ディビスだ。何故か震えるように体を揺すって、「くっ、くっ」と苦しそうな声を出している。

「リックさんは、本当に可愛い」

「うん」

「キスしていいか？」

「うん」

その小さな揺れが心地良く、リックは目を閉じたままこくりと頷いた。その内容を、よく聞きもせずに。

――ちゅっ。

顎に手がかかり、く、と上向きにされたかと思うと、何やら弾むような音とともに、柔らかな感触が唇に降ってきた。それも、続け様に、ちゅ、ちゅ、と何度も。

「んん、ん？」

くすぐったい感覚に薄らと目を開く。と、目の前に整った顔が見えた。目の前、本当に目の前に、だ。

「んんっ？」

顎にあった指が、するりと頬を撫で、捕まえ、逃がさないとばかりに固定される。自然と開いた唇の隙間に、ぬる、と忍び込んだ濡れた物が、リックの舌の先を突く。ちょん、と触れたそれはとても熱く、リックを、一気に覚醒へと導いた。

「んっ？　……ディビ……んんっ」

激しくはない。むしろゆっくりとした触れ合いだった。大きなその舌は、リックの舌を撫でるようにゆるりと動いたかと思うと、唇を濡らしながらすぐに出て行く。熱量を失いぽっかりと空いてしまった口の中が、思わず寂しくなる程あっさりと。

「う、うぇ？」

突然の事に、訳がわからずディビスを見つめる。きっとかなり困った顔をしていたのだろう、ディビスはリックの顔を見て微笑むと、今度は眉間の辺りに唇を落としてきた。

「悪かった。性急すぎたな」

「いや、え？　そ、その……」

これは、性急とかそういう問題なのだろうか。早さとか時期とかじゃなく、何かもっと根本的な問題がある気がする。

そう、そんな気はするのだが、それを何と言って伝えたら良いのかわからず、リックはただただディビスを見上げる。

この期に及んで、ディビスにしがみ付いたままなのだが、寝起きから混乱の極みに突き落とされたリックには、その手を離す事すら思い付けない。ただ、見上げたディビスの濡れた唇を見て、「え？

え？」と顔を青くしたり赤くしたりするだけだ。

「……これなら、いいか？」

ディビスはまたも、リックの方へ顔を傾ける。思わず、ぎゅっと目を閉じてしまったリックの唇に、先程と同じ、柔らかな物が触れた。

目を開かなくてもわかる。それは、ディビスの唇だ。

「ん……」

ふに、ふに、と角度を変えて押し付けられて、リックは何も出来ずに固まる。

最初は、またいつ熱いアレを挿し入れられるのだろうとビクビクしていたが、その気配はない。ただひたすら優しく、そっと感触を確かめるように、唇に触れてくるだけだ。

唇に、鼻先に、頬に、額に、優しい感触がまるで柔らかい雨のように降り注ぐ。ガチガチに固くなっていた体から、何故だか段々と力が抜けてきた。

「ん……ふ……」

ディビスは唇に触れる時だけ、ちゅ、ちゅ、と小さな音を立てる。その音を聞いていると、なんだか下っ腹の辺りがむずむずする。

足先を交互にもじもじとすり合わせながら、いつの間にか、リックは無意識のうちに、自分の力で顔を上向けていた。

「リックさん」

耳朶に触れたディビスの唇から、低く小さな声が響く。鼓膜を震わせるそれに、リックは「ひ」と悲鳴を零してしまった。首の後ろの毛が、ぞわぞわと逆立つ。耳朶や頬が、赤く染まっているであろう事は、見なくてもわかった。

ディビスの唇が、撫でるように頬を辿り、またしても唇の上にやってくる。ディビスの口で挟み込むように下唇をやわやわと嬲られて、リックはもう、羞恥なのか心地良さなのか、何が何だかわからないむず痒い感覚に、泣きそうになった。

「あの、あの、ディビ……んっ」

これはやばいぞ、とようやく気付いた頃、一際強く唇を押し当てられた。名前を呼ぼうとした唇は呆気なく塞がれてしまう。そのまま、触れるだけの口付けは数秒続き、そのうちに、ゆっくりとディビスが口を離した。

「リックさん……」

「ん、ディビス、さん……」

眠たい訳でもないのに、眦から力が抜けてとろんと目尻が下がる。リックは「ふぁ」と蕩けそうな息を吐き出しながら、ディビスを見上げた。

じんじんと熱い唇に指を這わせると、ディビスが少し眉間に皺を寄せ、何とも言えないような表情でリックから目を逸らした。

「…………風呂に、入ってくる」

「……へ？」

唐突にそう宣言したディビスは、いつも堂々とした動きの彼にしては珍しく、ぎくしゃくとした立ち居振る舞いでベッドから下りてしまう。

そして、リックの髪の毛をくしゃりと優しく撫でると、あっという間に部屋を出て行ってしまった。

「へ？」

残されたリックは、すっかり覚めてしまった目をこする事もせず、ただ呆然とそれを見送った。

「へ？」

何が何だか、どれがどうだか、あれがそれだか、何もわからないまま。リックはただ、ぽかんと口を開けて眉尻を下げるしかなかった。

十

リックはしばし呆然とした後、ハッ、と尻尾を跳ねさせた。

「おお、おお？」

どうしたらいいかわからなくて、とりあえずその場で立ち上がって、ベッドの上だった事を思い出して、座って。やはり立ち上がって、ベッドの上だった事を思い出して、ベッドから下りた。

「え？　え？　おお、ええ？」

言葉にならない声を吐き出しながら、両手で頭を抱える。うろうろと部屋の中を歩き回り、ふと思い立ったように、唇に手を当てた。

「え、俺、え、え、ディビスさんと、え？」

キスした。

間違いなく、さっきまでこの唇に、ディビスの唇が触れていた。何回も何回も。なんなら舌も入ってきていた。

「……っうわぁあああ」

リックはどうしようもなくて、その場でぐるぐる回ってしまう。顔を押し潰すように頰に力一杯手を当てて、顔を真っ赤にして。

息が苦しい、心臓が痛い、恥ずかしい、訳がわからないままに消えてしまったのは……。

「おっ、おっ、俺の……っ！」

リックはわなわなと唇を震わせてから、ぎゅうっと歯でそれを嚙み締める。少しぴりりとしたが、遥かに上回る動揺が、痛みを忘れさせる。

（……っ初めての、キスがっ！）

リックは心中で絶叫した。

そう、ディビスとのそれは、リックの生まれて初めての、家族以外とのキスだったのだ。

両親が亡くなってからというもの、がむしゃらに生きてきた。孤児であるリックが真っ当に生きていくためには、努力しなければならなかったからだ。

学生時代は、勉強とバイトに勤しんでいて、色恋にうつつを抜かしている暇などなかったし、社会人になってからも同様だ。まぁ、合コンだの友人の紹介などで異性と知り合う機会は多少増えたが、リックの性格のせいなのか何なのか、今までお付き合いまでに至った事はない。

焦る気持ちがなかったでもないが、ゆっくりでいいと思っていた。大切なものは、ゆっくり見つけていけばいいのだと。

それがまさか、こんな事になるとは。

「うっ、うっっ、ううぅぅ！」

リックは呻きながらも、うろうろと彷徨い続けた。そして、はたと気が付いた。このままここにいたら、ディビスがあっという間に帰ってくるだろう。

果たして自分は冷静に彼の顔を見られるだろうか。彼を、正面から、ちゃんと。

（………む、無理だ）

さぁ、と顔を青ざめさせてから、リックは思わず部屋から飛び出した。そして、しんと静まり返った廊下を駆け抜けて、自身に与えられた部屋へと飛び込んだ。

久しぶりに訪れた部屋は、照明が落とされていて、暗かった。家全体を暖める空調により、ぬくぬくとしてはいるが、さすがにディビスの部屋よりは寒い。

リックはそこでベッドに潜り込もうとして「いや、待てよ」と自身を制する。

（自分の部屋に俺がいないのを見て、ディビスさんはどうする……？）

まず間違いなく、この部屋を見にくるだろう。そして、リックを見て何と言うだろうか。

あの端正な顔が、鋭くも綺麗な切れ長の目が、自分を見つめる。そして、これまた形の良い唇が

「リックさん」と呼びかけてきたりしたら。

（うっ、ううう！　やっぱり駄目だ！　なんか、よくわからないけど、なんか、なんかっ！）

だって、キスだ。キスをしたのだ。

そりゃあ確かに、ひとつのベッドの上で男同士くっついて眠っているのもおかしかった。おかしかったが、それはもう、冬眠のせいだ。より暖かい場所を求めて眠るのは冬眠する種族としての本能だ。

しかし、キスは違う。キスで体は温まったりしないし、冬眠には不必要だ。キスは、キスだ。キス

でしかない。ハグならまだ言い訳できるが、キスは、言い逃れ出来ない。

そこまで考えて、リックはぱちぱちと瞬きした。

（言い訳って……、言い逃れってなんだよ、俺……）

思いがけず変な思考に陥り、リックは、かぁっ、と頬を熱くする。言い訳だなんて、何かを誤魔化しているみたいではないか。

（何を誤魔化すって……）

ベッドに腰掛けて、腿に肘を突き、手のひらに顔を埋める。

心の中は大荒れだ。思考がまとまりにくい冬眠中にも関わらず、考える事を止められない。

（俺、なんか駄目だ、このままじゃ）

リックはよろよろと立ち上がり、着ていたパジャマを脱いで、机の上に畳んで置いてある服に手をかけた。それは、リックがこの家に来た時に着ていた服だ。ディビスが洗濯してくれたのだろう、火事の時に付いた煤も埃も綺麗さっぱり落ちて、柔軟剤であろう良い匂いがした。

最近鼻に馴染んだその匂いを嗅いで、なんだか無性に泣きたいような気持ちになりながら、リックは服に袖を通す。

「なんか、えっと、そうだ……、水を買いに、は、十分あるし……木の実、もある……。あー……と、とにかく、コンビニ、コンビニに行こう」

この家はなんでも揃っている。本当は特に何も買いにいく必要なんてない。ただの、外に出るための理由探しだ。

どんなにこの家が広くても、ここにいればディビスと顔を合わせる。リックは、他人の家の中で隠れんぼなんて出来るタチでもない。どこにも隠れる場所はない、だが、ディビスと顔を合わせたくない。ほんの少しでいい、せめて頬の熱がなくなるまで、考える時間が欲しかったのだ。

(でなきゃ俺、俺……)

ディビスは良い人だ。間違いなく。

同僚の頼みとはいえ、見ず知らずのリックの面倒を見てくれた。火事によって何もかもを失っているリス獣人なんて、何の見返りもなさそうなのに、精一杯面倒を見てくれた。

無口だけどイケメン、たまに変な発言もする天然。良い家の出身で、小さい頃の夢を叶えた大型獣人。

(なんで、俺に、キスなんてしたんだ)

そんな彼が、なんでリックにキスをするのか。

わからない。わからないが、考えたくない。せめて今だけは、冬眠中の今だけは。

リックは誰もいない廊下をひたひたと歩くと、玄関に辿り着いた。途中、ディビスの部屋に寄って、メモを書いて残しておいた。『ちょっと外に出てきます』と。いくら何でも、無言で外に出るなんて事は出来なかった。『頭を冷やしてきます』と書こうかと迷ったが、止めた。先程のキスを思い出させる事なんて、書けなかった。

最初にこの家に来てから、一ヶ月は経っている。今は冬の真っ只中だ。玄関を開ければなんと、ちらちらと雪が降っていた。一瞬怯んだリックであったが、襟元を寄せてから、玄関戸を後ろ手に閉めた。

夕方といって差し支えない時間帯だろう。空は薄暗く、もうすぐ夜が訪れる気配がした。

「さむ……」

リックは「はぁ」と白い息を吐いてから、雪が降りしきる外へと一歩踏み出した。薄らと積もった雪が、足元で、さく、と音を立てる。肩を縮こませて、リックは歩き出した。

冬眠中でも、外に出る事はある。もちろん身体能力は落ちているので用心しなければならないし、短い時間というのが条件ではあるが。

(ちょっと、ちょっとだけ……日が暮れるまでには帰るようにすれば……)

日暮れまで三十分といったところだろうか。少しだけでも、頭を冷やした方がいい。ちゃんと、デイビスに向き合えるように。

リックは大きな門を抜け、薄暗い住宅街を、行く当てもなく、とぼとぼと歩き出した。

（……なんて思った俺の馬鹿！　アホ！　間抜け！）

＊

リックはぶるぶると震えながら、あっちへ行ったりこっちへ行ったり、住宅街を彷徨っていた。はっきり言って、そう、迷子だ。

時刻はもう夜だ。とっぷりと暮れた空にどんよりと厚い雲がかかっているのが、暗闇でも見て取れる。

（コンビニに向かったつもりだったのに、……ここ、どこだ？）

ディビスの家へ向かう道すがら見かけた筈のコンビニは、どこにも見当たらなかった。「あれ？　変だな」と思ったがすでに時遅し。その頃には、コンビニどころか、ディビスの家がどこかすらわからなくなっていた。

「俺の、馬鹿。ほんと馬鹿、馬鹿っ」

一ヶ月前に一度しか通った事のない薄暗い道を、地図もなしに歩き出したのが間違いだったのだ。しかも、判断能力の鈍っているこの時期に。いや、判断能力が鈍っていたからこそ雪の降りしきる中、迂闊（うかつ）にも外へ出てしまったのだろうが。

雪で滑らないように小股で歩きながら、リックは歯痒い気持ちで自分を罵る。

「……さ、寒い」

リックは空を見上げてぽつんと呟いた。その声も、寒さのせいかひどく震えている。

冬眠も本番となるこの真冬、鈍った頭と体では、寒空の下でいつもの通り動ける筈もない。リックは足を滑らせかけて、どうにか踏ん張ってたたらを踏んだ。

「……っう。はぁ、もう」

指先には、もう感覚がない。赤を通り越して真っ白になったそこに息を吹きかけながら、リックは己の全身がぶるぶると震えている事に気が付いた。

「あ、あれ？」

ひゅうひゅうと冷たい風が吹き、リックの髪を煽り頬を嬲る。その風に背を押されるように数歩よろめき、今度こそリックは膝から崩れ落ちた。

がたがたと肩が震えている。リックは足と尻を使って、道路脇へと身を寄せた。背中に、どこかの民家の塀が当たる。

「う、ぅ……。はぁ……さむ……」

膝を立てて、そこに顔を埋める。はぁ、はぁ、と息を吐くたびに、微かな温もりが顔を覆うが、結局は温めたそばから一瞬で冷えていく。水蒸気となったそれは水分になり、リックの体から、余計に熱を奪っていった。

（寒い……）

地面に触れた尻は、雪の水気を吸ってじわじわと濡れて冷たくなっていく。が、立ち上がってそれを払う事も出来ない。リックは尻尾を顔の前に持ってくると、それに頰を寄せた。

細かな毛に降った雪のせいで、顔が濡れる。睫毛の上にも水気が乗っかり、涙のようにぽろりと零れ落ちた。

近くの民家に助けを求めようと思ったが、もう体を起こせない。「助けて」と絞り出した声は、かさかさに掠れていて、音にすらならなかった。

（ディビスさん……）

どのくらいの時間が経ったかはわからないが、そろそろディビスはリックのメモに気が付いただろう。びっくりしているだろうか、心配しているだろうか、怒っているだろうか。せっかく暖かく快適な環境を用意してやったのに、わざわざ外に出るだなんて、なんて馬鹿な奴だろうと。

（本当だよな、馬鹿……俺、馬鹿……）

ほんの少しのつもりだったのだ。恥ずかしくて、混乱した頭を冷やしたかっただけで。

こんな事になるなんて、考えもしなかった。

（ごめん……ディビスさん、ごめんなさい……）

なんだか目蓋が重たくなってきた。寒いのに、寒くてたまらないのに、まるでディビスのベッドの中に入ってる時のように眠たい。

どうしてだろう、と考える余裕もない。俯けた頭の上が冷たい。雪が積もっているのだろうか。小刻みに震える指先はもう曲がりもしない。

『リックさん』

耳の奥に、ディビスの声が響く。ついさっきまで聞いていた筈なのに、なんだか遠い昔の出来事のようだ。

『リックさん』

リックの、ほとんど閉じかけた目に、白い雪が見える。これがどんどん、どんどん積もったら自分はどうなるのだろうか。

雪に埋もれて、隠されて、春になるまで誰にも見つけられないかもしれない。

（春に、なるまで……）

リックの目の前に、夜よりも暗い暗闇が広がった。

十一

――ちゃぷ……ちゃぷ……。


波の音がする。

リックが幼い頃いつも遊んでいた湖だろうか。それとも、去年の夏に行った海か。

いずれにせよ、とても穏やかな波だ。風がないのだろうか、とても凪いでいる。それに、温かい。

（あたたかい……？）

海が温かいなんて、何かが変だ。揺蕩う腕や足に力を込めて、薄らと目を開く。

「リックさん」

意識が浮上するのと同時に名前を呼ばれ、リックは定まらない視線で辺りを見渡した。

「……ん」

そこは、風呂場だった。そう、最近見慣れた、ディビスの家の大きな風呂場。

リックは訳がわからないまま、声が降ってきた真上を、首を反らすようにして見上げた。

「で、……びす、さん？」

そこにいたのは、ディビスだった。リックは彼に寄りかかるようにして、浴槽に浸かっている。

ここが風呂場という事はわかるが、何がどうしてこんな状況になっているのかがわからない。

「目が覚めたか」

「う？　……あ、はい……えっと？」

「どこか痛かったり、具合が悪かったりは？」

何故そんな事を聞かれるのか。リックはディビスの高い鼻梁の辺りをぼんやりと眺める。

「……いや、あの……ありません」

「寒いか？」

「いえ、あ……ったかいです」

ぽや、とした頭のままディビスを見上げていると、彼はホッとしたような、嬉しそうな表情を浮かべた。しかし、すぐにそれをくしゃりと歪める。その口元から、少し鋭い犬歯が覗き見えて、リックは身を竦ませた。

「何故、外に出たんだ」

「……あ。……そっか、俺、外……」

ディビスに言われて、リックは自分が外にいた事を思い出した。そうだ、外だ。確かにリックは外にいて、しかも、迷子になっていた筈だ。

あれからどのくらい時間が経っているかわからないが、とりあえず救出されたらしい。おそらくは、目の前のディビスに。

「あ、あの、ディビスさ……」

「真冬だぞ。しかも雪も降っていた。冬眠中に運動能力がどれだけ落ちるか、自分でもわかっているだろう？」

ディビスの言う事はもっともだ。もっともすぎて、ぐうの音も出ない。リックは何も言えなくなって、開きかけた口を閉じた。

「俺が見つけた時、リックさんは気を失っていた。もしも、俺が見つけられず、悪意のある者に拾われでもしていたら……」

ディビスは、とても真剣な顔をしていた。言葉と同じ、ひどく真っ直ぐな視線でリックを射抜く。ただでさえ険しい目付きの彼に、じっ、と強く見つめられて、リックは息を飲んだ。

「冬眠中の獣人は無防備だ。小型獣人であるリックさんは、……尚更（なおさら）、警戒すべきだろう」

ディビスの言葉に、リックの背中をゾクッとした寒気が走った。小型獣人を狙った性犯罪は後を絶たない。しかも、冬眠中は更にその率が上がる。冬眠で力の弱った小型獣人は、いつも以上に相手に抵抗できないからだ。家に押し入られて襲われて……、なんていう痛ましいニュースもよく聞く。

リックの体が、ぶるぶると震え出す。寒いからではない。湯に浸かった体は十分温かい。震えは、恐怖のせいだ。

「……っあ、……俺……」

震えるリックに気が付いたのだろう、尚も何かを言い募ろうとしていたディビスも、言葉を途切らせる。

「はぁ」と溜め息を吐き、腕の中のリックを抱え直す。湯が波立って、ぱちゃん、と水滴が跳ねた。まるでリックを抱え込むように、ディビスがリックの肩口に額を載せる。ぎゅっ、と優しく、その腕の中から逃すまいとするかのような抱擁だった。リックの頬に、ディビスの湿った髪が触れる。

「……俺のせいか」

「え？」

思い詰めたような、苦しそうな声に、リックは短く問い返す。

「俺が、リックさんにキスしたから、嫌になったのか？　だから逃げたのか？」

「え……あっ……」

目の前に、ディビスの剝き出しの腕がある。

浅黒く、筋張った腕。窪みに溜まっていた水滴が、筋肉の隆起に沿って、すう、と流れていくのが見えて、リックはぎくしゃくと視線を逸らした。

浴室の中、少したわんだように響くディビスの声は、じわじわとリックの耳を熱くする。

「悪かった。俺も、他人の事はとやかく言えない。抵抗できないリックさんを、襲ったようなものだ」

「いや、それは違……」

リックは慌てて首を振り、肩口にあるディビスの顔を窺う。同じタイミングで顔を上げたディビスと目が合い、リックはその距離の近さにたじろいだ。

「違わない。あの時俺は、リックさんを襲おうとしていた」

「おっ、おそっ、おそ……っ？」

「理性を総動員して風呂場に逃げたが、かなり危なかった」

真剣な目で見つめられながらそんな事を言われて、リックは動揺から湯に沈みかける。が、ディビスの腕がそれを許さない。

「リックさん、俺は貴方（あなた）が好きみたいだ」

「ひぇ」

どうなんだろうか、いやまさかそんな、と思っていた事を断言されて、リックは飛び上がる。

キスされた時に、ちらりと考えないでもなかった。「もしかして、ディビスさんは俺の事……」と。

だがしかし、そんな事を想像するのもおこがましいと思って、考えないようにしていた。していたのに、ディビスは何の躊躇いもなしに、ズバッといつもの直球を放ってきたのだ。

（いや、ていうか……す、好きって……そんなあっさり……）

あまりにもずばりと言い切ったディビスに、リックの方が戸惑ってしまう。何というか、もっとこう、葛藤や迷いがあってもいいのではないだろうか。

リックは湯の中で冷や汗をかく、というなんとも不思議な現象を体験しながら、首を振った。

「いや、お、俺たち出会ったばっかりですし、そんな、そんな、俺を……俺を……？　そんな……」

「初めて会った時から愛らしいと思ってた」

「おぶっ」

必死で否定するリックに、ディビスが有無を言わさない言葉を投げつけてくる。直球だ。どストレートだ。ど真ん中だ。

「でも、可愛いだけじゃない。木の実を持ってきてくれた事や、何にでもすぐ「ありがとう」って言うところ、努力家なところ……、そういうところも含めて、全部好きだ」

「は、はひ……」

「ストラ――イク！　バッターアウト！　スリーアウト！　チェーンジ！」という言葉が頭の中に響き渡る。リックはもはや何も言えず、ぶくぶくと湯に沈んだ。が、そんなリックをディビスがすくい上げる。

「こんなに幸せな冬を過ごしたのは、初めてなんだ」

いつになく饒舌(じょうぜつ)に喋(しゃべ)るディビスを、リックは目眩(めまい)のする思いで、どうにか見つめる。視線を外す事なんて許さないとばかりに、ディビスが真っ直ぐ真っ直ぐ見つめてくるからだ。

「リックさんと一緒に寝ていると、良い夢を見るんだ。人といて、こんなに安らいだ事はない」

それは、リックもそうだ。同じ事を考えていた。こんなに幸せな冬眠はない、と。ディビスと一緒に寝ていたい、と。

だがそれが、「ディビスを恋愛的な意味で好き」な事とイコールかと言われると、途端に自信がなくなる。そんなの、キスだって初めてだったリックにわかる筈がない。

少なくとも、ここで今すぐ答えを見つけるなんて、無理だ。

「リックさん、好きだ。リックさんは俺をどう……」

「いやっ、その、………ちょっ、ちょっと待ってください！」

リックは顔の前で腕を交差する。大きなバツ印を作るようにして、ディビスの視線を遮った。

「ん？」

ディビスは焦った様子もなく、首を傾げる。

何故、告白した側のディビスの方が余裕ありげで、された側のリックの方がわちゃわちゃしているのか。よくわからない、が、このままだとまずい。このままだと、多分リックは頷く。よくわからないままに、ディビスの告白に頷いてしまう。

（多分、それは駄目だ……）

それは違う、それは駄目だ、と心の中で声がする。リックはまだ、ちゃんと自分の気持ちと向き合っていない。

ちゃぷ、ちゃぷ、と湯が揺れる。リックはそれを見下ろしてから、すーはー、と深呼吸をした。

「……すみません、ごめんなさい……。俺、誰かに、こういう意味で好きって言われたの、は、はじ、初めてで……」

「照れている？」

「う……、まぁ、はい、それもあります、けど……」

「照れているリックさんも可愛いな」

「だぁーっからぁ……っ！」

んもうっ、と尻尾の毛を逆立てて腕を振り上げる。

「そっ、そういう事言われると、その、男でもドキドキするんですよっ！　ディビスさん、格好良いしっ！」

「格好良いか？」

「かっ、格好良いでしょ！」

どこからどう見ても格好良いに決まっている。そう思って言い返す、と、濡れた髪をかき上げながら嬉しそうに笑うディビスと、ばちっ、と目が合った。

「それは、嬉しいな」

（あぁ――、もうっ！）

お湯も滴る良い男だ。リックはドキドキと高鳴る心臓を鷲摑むように胸に手を当て、ギリギリと歯を食いしばる。

「だから……っ、そのっ、慣れないんですよっ。慣れてなくて、ドキドキして……、それが、好きからくるドキドキなのかどうか、……まだ、わからないっ」

喉奥から絞り出すようにそう告げて、リックは目を閉じた。

そう、リックにはまだ自分の気持ちがわからない。確かに、ディビスといるとドキドキする。一緒にいると安心する。多分、いや絶対に、嫌いではない。だが、「じゃあ好きか？」と聞かれると困る。

「自分の気持ちもはっきりわからないのに、その、今すぐディビスさんの気持ちに応える事は、出来ない、です……」

「なるほど」

リックの言葉に、ディビスは至極真面目な顔をして頷く。曖昧なリックの言葉も、よく聞いて理解しようとしてくれる。

良い人なのだ。ディビスは、間違いなく、とても良い人だ。

「わかった、待とう」

しばらくの沈黙の後、ディビスはそう宣言した。リックは、その端正な顔を見上げて目を瞬かせる。

「ディビスさん……」

「だが、いつまで待てばいい？」

「………へ？」

寛大なディビスの言葉に感動しかけたリックは、次に続いた言葉を聞いて、首を捻った。だが、ディビスもディビスで、何故か首を捻っている。

「いつまで待てばいい？」

同じ言葉を繰り返されて、リックは頬を引きつらせる。

ディビスは真剣だ。真剣に、リックの心が固まるのを待つつもりなのだ。そして、大真面目に「じゃあいつまで」と問うてきている。

繰り返される質問に、リックはたじろぐ。たじろいで、そして、湯の中にいる筈なのにカラカラに干上がった喉から、どうにか声を絞り出した。

「え、えっと、……は、春……」

「ん？」

「冬眠が終わって、春に……なったら。だから、その……」

ごくり、と喉を鳴らして、うろうろと視線を彷徨わせて。そしてようやく、ディビスの目を見つめた。

「春になるまで、待っててください」

十二

リックの言葉を聞いたディビスは、数度瞬きをした後、ぱぁ、と破顔した。

「あぁ、わかった」

今までに見た中でも、特別に明るい、満面の笑みだ。

「春になるまで、待つ」

ディビスの顔をポカンと眺めていたら、じわじわと頬が熱くなってきた。なんだか頭もクラクラする。

それは、湯に浸かりすぎたせいなのか、一連の会話のせいなのか。

(……それとも、両方か)

心中で呟いて、リックはディビスから顔を逸らすと、ぶくぶくと湯に沈んだ。

そして、鼻先まで沈んだところで、ハッと気が付く。

「あっ、がばごぼっ、げっ、げほっ、ごほっ」

「どうした、大丈夫か」

慌てたせいで、湯が鼻から口から入ってきてしまった。鼻の奥がツーンとして、涙が出てくる。が、そんな事に構っていられない。

涙目になりながら、慌ててディビスから距離を取った。ザバッと湯が波立って、浴槽から流れ出る。

「おっ、ごほっ、俺たち……っ、げほっ、裸……っ」

「ああ、風呂だからな」

無意味に胸元を隠すリックを見て、ディビスが「何を言っているんだ？」と言うように首を捻る。

いや、確かに、ここは風呂だ。風呂に入るなら服を脱ぐのが当たり前だろう。

多分、雪の中に埋もれたリックを温めるための措置として風呂に入れてくれたのであろう事はわかる。ただ浸けておくと、意識のないリックが沈んでいくだけなので、支えるためにディビスも入ってくれたのだろう。

男同士だし、変な事はない。ここはお礼を言って然るべきだ。当然そうだ、そうなのだが。

「あう、あう」

「……犬の真似か？」

ディビスには、たった今「好きだ」と言われたばかりだ。恋愛対象として見ている、と言われた相手に裸を見せるのは、なんとなく抵抗がある。

しかし、それを口に出すのはなんだか憚(はばか)られて、リックは結局口ごもるしかない。

「あの、おれ、しっかり温まったので、上がります……です」

風呂の端の方に逃げて、小さな声でそう告げれば、ディビスは頷いた。

「そうか、良かった。じゃあ俺も上がる」

「えっ」

「え？」

二人してキョトンとした顔をしてしまった。

「えっと、じゃあ、俺もう少しここにいます」

「わかった。俺ももう少しここにいよう」

「えっ」

「え？」

またしても二人してキョトンとした顔をしてしまった。向かい合わせで見つめ合う。ぴちょーん、と天井から湯船に滴が落ちた。

リックは不思議そうな顔をするディビスに、恐る恐る問いかける。

「……あの、一緒じゃないと、ダメですか？」

「一緒じゃ駄目なのか？」

駄目なのかと言われると、困ってしまう。リックはごにょごにょと言葉を飲み込んだ。

一緒に上がったら、湯から上がった姿が……つまり裸が見えてしまう。思いっきり。

ディビスはただただ不思議そうな顔をしている。純粋に「一緒に風呂に入ってるのだから、一緒に上がればいいじゃないか」という感じだ。リックの方が変な事を言っている雰囲気になって、「うう」と言葉を濁した。

「……う、あの……意識してるのって、俺だけですか？」

「意識？」

思わず口に出してしまった後、なんだか無性に恥ずかしくなって、リックは頬に手の甲を当てて誤魔化す。

「いや、だって、……ディビスさん、俺の事、すっ、すっ、好きって……」

「あぁ、好きだ」

「そっそそ、そういうっ、そういう事、サラッと言うから！」

裸見せるの恥ずかしくなるんですよ、と掠れた声で叫び、リックはバシャバシャと湯を叩く。

「事実だからな」

「……もういや……」

色々耐えられなくなって、手のひらに顔を埋める。きっと今自分は耳まで赤くなっているだろう、とリックは思った。

何にしても、このままここにいたらのぼせる。茹で上がる。大変な事になる。

「大丈夫だ。裸を見ても襲わないだけの理性はある」

「……お、おそっ」

「裸なら風呂に入れる前にもう見た。そもそも、裸に近い格好なら何回も見せられている」

「へぁっ？」

思いがけない言葉に、「なにをっ？」とリックが仰け反る。が、ディビスは平気な顔で頷いた。

「あぁ。リックさんは寝相が悪いからな」

「ね、ねぞ……う？」

「寝ながらあっちこっち移動して、服の前をはだけたり、ズボンを脱いだりしてたし」

「……いっ？」

気持ち目線を上向きにして、何かを思い出すように顎に手を当てるディビスに、リックはわなわなと震えるしかない。寝耳に水、とはまさにこの事だ。

「風呂上がりに、下着姿で部屋に入ってきた事もあるし」

「えっ？　えっ？」

覚えてない。全く覚えていない。リックは尻尾と手を震わせた。

「覚えてない？」

「…………はい」

「俺の耳を齧った事は？」

「み、みみ……」

「耳を齧って『やわすぎる』、頬を舐めて『あまくない』と文句を言ったことは？」

「やわ……あま……」

「じゃあ、足から頭まで登ったり降りたりした事も？」

「あ、あ……」

「目が覚めたら股間にしがみ付かれていた時は、さすがに驚いた」

「…あ……あ……」

もはや言葉など出てこない。リックは壊れたレコードのように「あ」を繰り返し、またもや湯船に沈んだ。撃沈だ、沈没だ。このまま湯船の藻屑になりたい。いっそ溶けて消えてしまいたい。

ディビスが嘘や冗談を言っている可能性もなきにしもあらず……なんて事はない。ディビスはそんな嘘を吐いたりしない。そのくらい、リックだってわかっている。

つまりディビスの言っている事は、事実だ。

「リックさん、溺れてしまう」

湯の中をざぶざぶと移動してきたディビスが、リックの脇に手を入れて持ち上げる。

リックは湯を滴らせながら、がっくりと頭を垂れた。

「俺、俺……とんだご迷惑を……」

「何も迷惑はかけられていないが」

ディビスはなんて事ないような顔をしている。彼からしてみれば、ただ事実を述べただけなのだろう。

兎(と)にも角(かく)にも、この上「裸を見られるのが恥ずかしい」なんて恥じらう方が恥ずかしいという事に気が付いたリックは、大人しくディビスとともに風呂から上がった。

何なら放心状態の間に、バスタオルで包んで髪を乾かして貰って、パジャマを着せて貰った。

ディビス曰(いわ)く「さっきまで雪の中に倒れていたんだ。体が上手(うま)く動かないのも仕方ない」との事だったが、どちらかと言うと風呂の中での色々が衝撃的すぎて、そちらでぐったりしてしまった感は否めない。

そのまま寝室まで運ばれて、優しくベッドの上に寝かされて。そこがディビスの部屋だと気が付いた時には、もうすでに彼の腕の中に囲われた後だった。

＊

「はぁ」

ディビスの吐息がつむじにかかり、リックは思わず彼を見上げる。

「ディビスさん？」

「リックさんが、また、腕の中にいる」

幸せでたまらない、と言外に伝わってくる、熱のこもった言葉だった。何とも言えない羞恥とともに、腰の辺りにゾワゾワと変な感覚を覚えて、リックは足先を二、三度擦り合わせた。

「メモを見つけた時、心臓が止まるかと思った」

「……ご、ごめんなさい」

「いや、悪いのは俺だ。リックさんがぼんやりしているとわかっていながら、キスをした」

リックの尻尾が、ほわ、ほわ、と膨らむ。尻の辺りがむず痒いし、頬も熱い。

「ディビスさん」

「リックさん」

間接照明の橙色(だいだい)が、ディビスの黒い髪や、男らしい、がっしりとした顔を照らす。ともすれば怖い印象さえ与えるその表情を、柔らかなそれへと変える。

「今は、ぼんやりしていないか?」

「……へ?」

「キスして、いいか?」

「へ、あ……」

「キスしたい」

ディビスの胸元に置いた手が、彼の心臓が強く脈打っている事を伝えてくれる。どく、どく、どく、と早鐘のように打つそれを、手のひらに。

「キスは、春まで待たなくてもいいか?」

「え、いや、あ……春……は、る……」

「リックさん」

「う……」

頬に手を添えられて、リックの目がうろうろと揺れる。揺れて、伏せて、また揺れて。そっと閉じた。

閉じたまま、ほんの僅かに、顎を持ち上げる。頬に手を添えているディビスには、その意図がちゃんと伝わっただろう。

「リックさん」

自分でも、何故目を閉じたのか、受け入れるように顎を持ち上げたのかわからない。

嬉しそうに自身の名を呼ぶディビスの声を聞きながら、リックは自分の心臓が、強く高鳴っている事に気が付いた。先程感じたディビスのそれと同じくらい、強く脈打つその音。

(まるで、恋してるみたいだ)

春までは猶予がある。今すぐ受け入れる必要もない。このキスに、意味なんてないのに。

(なんで、俺は……)

唇に、ふに、と柔らかい感触を感じて、目の裏がジンと熱くなる。

答えのないキスは、とても優しく、柔らかく、暖かかった。

十三

それからリック達は、ぐっすり眠った。まるで土の中で春を待つ種のように、ひたすらに。

元々、冬眠とはそういうものなのだ。それが外に出たり長く起きたり話したりと動いてしまったので、体力をすっかり消耗したらしい。それからしばらくは、反動のようにただただ眠り続けた。

時折目覚めて保存食を食べ、夢うつつにシャワーを浴びてを繰り返した。

定期的に目覚めるようになったのは、冬の終わりの入り口、春の兆しを感じ始めた頃だった。朝も昼も夜もなかった睡眠が、朝方に必ず一回は目が覚めるようになった。

ディビスにも、同じような変化が訪れたのだろう。目が覚めると、ディビスも起きている事が増えた。

「ご飯、作ってもいいですか？」とリックが言い出したのもその頃だ。毎食とはいかないが、一日か二日に一回、広々としたキッチンに立って、簡単に料理をするようになった。

メニューはそんなにレパートリーがある訳ではない。さすがにまだ買い出しには行けないので、家にある物で作って食べた。それでもディビスは、「美味しい」と嬉しそうに、残さず食べてくれた。

特に喜んでくれたのは、木の実のシチューだった。「こんなに美味いシチューを食べたのは、初めてだ」と、驚いたように言ってくれた。冬になると母が作ってくれたそれを、今度はリックが人に作り、食べて貰う。それが嬉しくて、とても嬉しくて、リックは思わず鼻の下を擦って照れてしまった。

それから、一週間に一度は必ず、木の実のシチューを作るようになった。

ご飯を食べていると、ぽつぽつと会話も増える。リックの事、ディビスの事、仕事の事、食べ物の好みの話、好きな映画、好きな本、冬眠明けにしたい事、冬眠で困った事……色々な事を話した。

話しながらご飯を食べて、片付けて、風呂に入って、ベッドに入ってまた話す。まるで付き合いたてのカップルのように、お互いの話を聞く事が何よりも楽しく心躍る時間に感じられた。自分と相手の共通点を見つけるだけで、わっ、と喜び盛り上がり、知らない事を知るたびに、それをもっと教えて欲しい、と話が弾んだ。

恋の話もした。どんな人が好きか、や、これまでの恋愛遍歴などなど。といっても、リックには話せる事が少なかったので、もっぱらディビスの聞き役に徹しただけだったが。

そんなリックに、ディビスは「もし恋人が出来たら、どこに行きたい？」と聞いてくれた。過去ではなく、未来の話だ。リックはたくさん考えてから、「遊園地」と答えた。

＊

「遊園地？　どうして？」

ベッドに寝転んだディビスが、腹に乗っかって寝そべるリックの尻尾を撫でながら問う。リックは、くて、とだらしなく手足を投げ出しながら、「うーん」と首を捻った。

「どうして、って……。……なんでだろう」

「わからないのに、行ってみたいのか？」

「うーん、その……、俺って小さい頃に家族が死んでしまって……、遊園地とか行ったことないんですよね、ほとんど」

リックは目を閉じたまま、頭の中に遊園地を思い浮かべる。とはいっても、それはあくまでリックの想像した遊園地だ。思い出せるくらい直近で行った覚えはない。

「あそこって、家族とか恋人とかと行くイメージがあって……」

「それは、ちょっと偏見だと思うが」

ディビスが苦笑しながらリックの尻尾を弾いた。リックも、くす、と笑って「そうですね」と素直に認める。

「友達とでも、何なら一人でも行けますよね」

「でも、リックさんは行ったことがなかった」

「……へへ、はい」

リックは恥じ入ったように笑って、素直に頷いた。

何故と言われたらわからない。施設にいる間は、そもそも、「遊園地に行きたい」なんて事すら言えなかった。たくさんいる子ども達の面倒を見ている先生にそんな事を言ったら、我儘（わがまま）だと思われると考えたからだ。出来るだけ、先生の迷惑にならないように、負担にならないように、と思っていた。

大人になって、自分でお金を稼ぐようになってからも、わざわざ友達を誘って遊園地に行くという考えには至らなかった。

ジェットコースターに乗ったら自分も叫んでしまうのか、メリーゴーラウンドは本当にあんなに綺麗なのか、コーヒーカップはどうやって動くのか、パレードは何をどう楽しめばいいのか。

本や映画やドラマの中で、遊園地のシーンを見るたび読むたび、そんな事を想像した。何にしても、きっと楽しいに違いないと思っていた。物語の登場人物達は皆、一様に笑顔で楽しんでいたから。

「とっても楽しそうな場所だから、大好きな人と行ってみたくて」

リックはそう言って、目を閉じた。もうすっかり慣れきった、ディビスの腹の上。安心しきって身を委ねる。

そんなリックの尻尾の毛を、優しく指で梳きながら、ディビスが「そうか」と頷いてくれた。手付きと同じく、とても優しい口調で。

「ディビスさんは？」

リックは逆に、ディビスに問いかけた。腹の上で、ごろんと転がって、顔をディビスの方へと向けてみる。

ディビスは、興味津々と言った顔で自分を見てくるリックに、微笑んでみせた。

「そうだな……、俺も」

「ん？」

「俺も、遊園地だ」

至極満足そうな顔をしてそう答えたディビスに、リックは目を見開く。

「えぇ――」

「なんだ？」

「ちゃんと、ディビスさんの行きたい所を知りたかったです」

少し口を尖らせたリックに、ディビスは「ふっ」と笑ってみせる。

「本当に俺の行きたい場所だ」

「俺が言ったから便乗したんじゃないんですか？」

「いや？」

ディビスは軽く肩を竦めて、思いの外大きな声で笑うと、リックの尖った口を親指と人差し指で挟んだ。

「むぐ」

「リスなのに、アヒルみたいだ」

「ぐわっぐわっ」

指で挟まれたまま、文句を言うように口を鳴らせば、ディビスがますます大きな声を上げて笑う。

「ははは、リックさんは本当に……」

そこまで言って言葉を切ると、ディビスはリックに覆い被さるように腕を回し、布団に包まる。

「わっ」

「……本当は、行きたい所も、見たい場所もたくさんある」

シーツの波間に飲まれる。ディビスの、嬉しそうな声が耳を打った。

「でもまず一番に」

体ごと包まれて、温かくて、目を閉じて、リックも笑う。

「好きな人の行きたい場所に、行きたいんだ」

楽しそうに笑う顔が見たいからな、と続けたディビスに、リックは何も言えなくなる。

ただ、布団に包まれていて良かった、と思った。こんな真っ赤な顔、ディビスには見せられやしない。

笑いながら、リックは頬を熱くする。頬も額も熱くて、なんだか照れ臭くて、恥ずかしくて、嬉しい。

「……そ、ですか」

素っ気ないような言葉になってしまったが、ディビスは気にしていないようだ。変わらず、リックの体を、その大きな腕で包んでくる。

ただ暖かかっただけのディビスの腕の中が、少し暑く感じる。寒い寒い冬は、もう過ぎ去ろうとしていた。

春は、すぐそこまで来ていた。

十四

ぱっちりと目が覚めた。なんだか清々しい気分だ。

リックは、まだ寝ているディビスの腕からこっそり抜け出して、ベッドを下りた。そのまま、柔らかい絨毯の上を移動して窓辺に近付く。カーテンをちらりとめくってみれば……。

「わ……」

目を眇めなければならない程眩しく、暖かな日射しが舞い込んできた。

寒々としていた木々に、新緑が宿り始めている。見下ろした土からは、小さな緑がぽこぽこと芽吹いていた。どこからか飛んできた鳥が数羽、庭木の枝に並んでとまる。甲高い鳴き声がリックの耳をくすぐった。

「春だ」

リックは分厚いカーテンの端を握り締め、ほぅ、と息を吐く。春だ、そう、春が来た。

ぼんやりしていた頭はすっきりとして、重たかった体が軽い。リックは、後ろを振り向いた。

ベッドの上では、ディビスがすやすやと眠っている。じっと見ていると、その腕が、ぴく、と動いた。そして、何かを探すように、シーツをさわさわと上下に撫でる。しばらくして、頭の近くにあったクッションを摑むと、腕の中にギュッと抱き込んだ。そして何故か、クッションの上部をポンポンと優しく叩いている。

（あれって……）

リックは吹き出しそうになって、慌てて口を両手で押さえた。

（俺と間違えてる？）

「ふぐっ」と堪えきれない笑いが指の隙間から漏れて、リックは慌てて窓辺から離れ、部屋を出た。

扉を閉める際にちらりと見えたディビスは、それはもう大事そうにクッションを抱え込み、満足そうな顔をして眠っていた。


「ふふ」

リックは、くっくっ、と笑いを嚙み殺しながら、風呂場へと進む。いつもはリックの方が寝相が悪いだの寝言が多いだの言われているが、ディビスだってそれなりに寝惚けたりするらしい。

なんだかそれが妙におかしくて、リックは鼻歌を歌うような明るい気分で、風呂場に足を踏み入れた。

もうすっかり慣れた手付きで浴槽に湯を張り、服を脱ぎ、そのついでに洗濯機を回す。

体を洗って、たっぷりと溜まった湯に浸かって、髪も顔もしっかりさっぱり洗い上げて。伸びてしまった髪の先を指で摘みながら、風呂場にある鏡を覗き込んだ。

「そろそろ、切りに行かなきゃ」

春になれば、冬眠していた獣人達は皆わらわらと外に出る。こざっぱりと髪を整えて、春物の服を新調して、冬を越えた事を、身をもって実感するのだ。

ついでにいえば、春は発情シーズンでもある。冬眠が終わった者はもちろん、どの獣人達もそわそわし出す。

これもまた冬眠と同じで、獣人には抗う事が出来ない本能のなせる業だ。春は恋の季節、それは獣だろうが獣人だろうが変わらない。

(発情、ねぇ)

リックは思わず「はぁ」と大きな溜め息を吐く。

それはもう、悩んでいるからだ。悩んでいる、そう、冬のあの日、この風呂場でディビスに「好きだ」と言われた日から、ずっと悩んでいる。あの真っ直ぐな「好きだ」は、まるで小さな棘のように、リックの胸に刺さっている。冬眠の間、何度あのシーンを夢見たかしれない。

リックは、鏡に映る自分の姿を、もう一度じっくりと眺める。

顔は、そう悪くない……と、思いたい。リス獣人らしい、小作りな顔だ。どんぐりに似ているとよく言われる目に、小さめな鼻と口、薄茶色の髪は濡れてへたっているが、乾かせばふわふわだ。頭の上についているリス耳の形も、そう悪くない。

冬眠で日に当たらなかったせいか、少し色が白くなった肌には、よく見ればほんのりそばかすが浮かんでいるのが見て取れる。本当に、よくよく見れば気付く程度の、薄いものだが。

(ディビスさんは……このそばかす、気付いてるかな)

あれだけ近くで寝ていたのだ。もしかしたら見たかもしれないし、もしかしたら気が付いていないかもしれない。ディビスはしっかりしているように見えて、意外ととぼけたところがある。リックが「そばかす気付いてました?」と聞いたら「そばかす？　誰の？」なんて逆に聞かれてしまうかもしれない。

ちゃんと、ディビスの声でその言葉が再生されて、リックはまたも「ふふ」と笑ってしまった。自然とディビスの声が聞こえてくるくらい、彼との生活に慣れてしまった。

「……そろそろ、この家出て行かなきゃ、だよなぁ」

図らずも、髪を切りに行くのを考えた時と似たような言葉が出てしまった。だが、その声の調子は全く違う。隠しきれない沈鬱さが滲んでしまった。

春が来たら、冬眠が終わったら、リックはここを出て行かなければならない。

冬眠さえ終わってしまえば、リックは動けるし、働ける。家だってちゃんと探せるのだ。冬眠休暇が明ける前に、新しい住処を探さなければならない、と自分でもよくわかっている。

そしてそれは、ディビスの「好きだ」にどう答えるのかとは別問題だ。別問題だが、どちらも、ちゃんと考えなきゃいけない問題でもある。しかも、出来るだけ早急に。

「ディビスさんに、ちゃんと答えを……、そして、家を探して、職場にもいつから復帰出来るかって電話して……、あ、髪、髪を整えて……」

ディビスの同僚の彼にも、一度礼を言いにいきたい。彼のおかげで、リックは安全に冬を越す事が出来たのだから。

「ちゃんと、答えなきゃ」

(春になったら、って言ったもんな。ちゃんと、ちゃんと答えを出さなきゃ)

鏡の中の自分が、不安そうな顔をしている事にリックは気が付いた。頬に手を当てて、する、と撫でる。

そう、不安。不安なのだ。

(……ディビスさんが俺を好きになったのって、たまたま、俺がこの家にお世話になったからだよな)

リックがディビスとの事を考える時、どうしてもその問題にぶち当たってしまう。

火事によって世話になったのがリックではなかったら、どうなっていただろう。例えば同じリス獣人、もしくはイタチでもヤマネでも何でも。誰であれ、ディビスは同じく、好きになったのではないだろうか。

そもそも、リックがこの家に来る事がなかったらどうだろう。そうしたらきっと、ディビスとリックは出会う事はなかった筈だ。二人の人生は交わらず、名前すら知らず、街ですれ違う事すらなかったかもしれない。

リックは、それが寂しかった。ディビスが、リックではない他の誰かを、その腕の中に抱えて眠るなんて。想像するだけで、胸が痛くて仕方なかった。

(……あぁ、もうっ！　そうだよ……そうなんだよ)

そんな事を考える時点で、答えは出ている。

リックは湯気で曇り始めた鏡に湯をかける。クリアになったそこに映ったリックの顔は、それはもう、見事に赤く染まっていた。

(俺は、ディビスさんを……)

だが、どう答えればいいだろう。こんなぐちゃぐちゃな気持ちでは、ディビスの「好きだ」に対する答えにはならない。

「なんて、答えればいい？」

鏡の中のリックも、現実のリックと同じように情けなく眉尻を下げて、首を傾げていた。

*

風呂を上がってすぐ、今度はキッチンに向かって歩き出す。気持ちが落ち着かない時は、料理をするに限る。無心で食材を調理している間は、何も考えなくて済むからだ。リックは「はぁ」と溜め息を吐きながら、食糧庫へと足を踏み入れた。

ぱんぱんに食べ物が詰まっていた食糧庫も、今は少し、がらんとしてきている。買い出しもしていないのだから当たり前と言えば当たり前だが、ほんの少しだけ寂しいような気分にもなる。

（十一月からだから……、十二、一、二、三……、もう四ヶ月半、か）

そりゃあ食料も少なくなる訳だ。と、リックは食材を選びながら、食糧庫の奥へと進む。

ディビス用の干し肉を手に取った時、ふと、食糧庫の奥の棚が目についた。立派な棚の一番上、脚立で登らなければ手が届かないそこには、小さな箱がひとつ置いてある。

（あ……）

冬の間一度も開けなかったそれは、初めてこの家に来た時に、リックが持ってきた木の実だ。

何故か、周りに並んだ物と違ってそれだけは、数ヶ月経っても少しも埃を被っていない。こちらの奥の棚にはあまり手を出さないので、どの箱も薄ら埃がついているのに。もちろん、どれも箱に入っているので、食べる分には問題はないだろうが。

何にしても、リックはその箱の埃を払った覚えはない。それをまじまじと見ることすら、初日以来だ。

リックではない……とすると、それはつまり。

(ディビスさん……?)

ディビスが、その箱を何度も手に取ったのだろう。

それを、彼がどんな気持ちで見ていたかはわからないが、わざわざ食糧庫の一番奥まで行って、脚立に登って、箱を手に取り、埃を被らないようにしてくれていたのだろう。

リックの胸が、言い知れぬ感情で、きゅう、と締め付けられた。

(ディビスさん)

愛(いと)しくて、いじらしくて、たまらない。

リックは、その小さな箱の表面を親指で擦り、じっ、と見つめた後、胸の中に抱き締めた。

「本当に……変な人だなぁ」

リックにとっては高級だが、ディビスにしてみたら、何てことない木の実の筈だ。なのに彼は、他の何よりも、それを大事にしてくれている。

静かな食糧庫。リックはその床にぺたりと座り込んで、しばし目を閉じてみた。

胸に、木の実の入った箱を、ぎゅっと抱き締めたまま。

十五

「明日から二、三日、泊まりで出かけてきます」

「は？」

リックが朝食にと作ったフレンチトーストをフォークに刺したまま、ディビスが固まる。口をぽかんと開けて、まさに「心底驚いた」という表情だ。

その顔を見て、リックは慌てて手を振った。

「あっ、出かけるとか、なんかここを自分の家みたいに言ってすみません。出かけるというか、戻る……？　いや、でもまだ家はないし……」

ぶつぶつと呟くリックに、フォークを置いたディビスが首を振ってみせる。

「いや、それはいい。それはいいんだ」

「へ？」

彼にしては珍しく、ディビスは何事かを言い淀んで、溜め息を吐いた。

「冬眠は？」

「もう終わったと思います。ディビスさんもそうでしょう？」

「……確かにそうだな」

ディビスは体の調子を確かめるように腕を回した。その動きはとても軽く、どう見ても冬眠中のそれではない。リックと時を同じくして、ディビスの体も、春の訪れに気が付いたらしい。

ディビスは腕を下ろして長い息を吐いた後、しぶしぶといった様子で頷いた。その表情は、全く納得したものではない。

「だが、リックさん……」

「ディビスさん」

何かを言い募ろうとしたディビスを、リックは笑顔で押し留める。

「大丈夫です。一泊や二泊、カプセルホテルとか安い所に泊まるくらいのお金ならありますし……。そりゃあ、冬眠中ずっとホテル暮らし、なんてのは無理な程度の蓄えしかありませんが。はは、は……」

リックの虚しい笑い声だけが響く。ディビスはにこりともせずに、リックを見つめていた。その視線の強さに、思わず目を逸らしながらも、リックは「と、とにかく」と、咳払いを挟みながら話を続ける。

「大丈夫です。ちゃんと、その……色々、大丈夫ですから」

かなり無理のある言葉かもしれないが、リックはそれ以上答える事は出来ない。少なくとも、今は。

力強く、とはいかなかったかもしれないが、ちゃんと顎を引いて頷いて、リックは、にっ、と笑ってみせる。

納得したのかどうかはわからないが、ディビスは無言でリックを見つめた後、「……わかった」と簡潔に答えて、フォークを握りフレンチトーストを食べ出した。

「リックさんが自分で考えて答えを出したなら」

ディビスはそう言うと、ぱくぱくもぐもぐとフレンチトーストを平らげてしまった。その速度はいつもより、明らかに速い。ぱくぱくというより、もはや、がつがつだ。

「……何か、怒ってます?」

「いや?」

「……拗ねてます?」

「……いや」

ディビスはそう言うと、自信なさげに首を傾げた。

「いや、拗ねているのか？　……わからん。正直、自分の気持ちを測りかねている」

ディビスらしい、正直な言葉だった。取り繕ったりしないところが、本当に、彼らしい。

リックは「ふっ」と笑ってから、目尻を下げた。

「その、あの……待っててくださいね」

首を傾けて何事か思案していたディビスが、顔を上げてリックを見る。リックと同じく、少し伸びた黒髪を耳にかけ、「ん?」と言葉の意味を問うてくる。

「あの、二、三日後に、ちゃんと戻ってくるので、待っててください」

「……ああ、待っている。リックさんの事なら、いくらでも待てる」

少し不機嫌そうだった顔を柔らかく緩め、ディビスが微笑む。きっと、その言葉に偽りはないのだろう。

リックも笑って、もう一度はっきりと頷いた。


次の日、リックは朝早くに起きた。そして、キッチン、風呂場、トイレ、それに最初に借りていた部屋など、全て隅々まで掃除した。埃を払い、掃除機をかけ、水拭きに乾拭き(から)きまで済ませて。

それから、いつもより気合いを入れて朝食を作った。ディビスと向かい合ってそれを食べて、身支度を整え、そして……。

「本当に、長い事お世話になりました……、って、また帰ってくる事になるんですけど」

ディビスの家の玄関先。エントランスに立って、ぺこりと頭を下げたリックは、「ははは」と情けなく笑って頬をかく。ディビスは「気にするな」といつもの調子で、ゆるりと笑ってくれた。

ふわふわのスリッパを脱いで揃え、リックは感慨深い思いで、そこから見える景色を眺めた。

大きなシューズボックス、洒落た照明と観葉植物。壁にかかった大きな抽象画。高い天井に、吊り下げられた照明。

来た当初は「こんな家に慣れる日は来るのか?」と思っていたが、案外あっという間に馴染んだ。自分でも驚くくらいに、落ち着けて、寛げて、多分、とても充実した冬眠を過ごす事が出来た。こんなに穏やかな気持ちで冬眠明けを迎えられたのは、多分、両親が存命していた頃以来だ。

(そして、馴染んだのは、この家にだけじゃなくて……)

リックは、じっと自分を見下ろしているディビスを見つめ返した。言葉はなくとも、その目を見るだけで、彼が自分の事を案じているのがよくわかった。

昨日の夜も、「冬眠明けだ。絶対に無理はするな」と何度もリックを気遣う素振りを見せてくれた。それでも「やめておけ」や「行くな」とは言わないところがディビスらしい。あくまでも、リックの気持ちや意思を尊重してくれた。

(そんなディビスさんだから、俺は……)

心の中で、しんしんと積もる暖かい気持ちを確かめるように、リックは服の胸元を、ぎゅっ、と握り締める。そしてひとつ息を吐くと、頬と手を持ち上げた。

「じゃあまた。その、明後日（あさって）」

「あぁ、くれぐれも気を付けて」

ディビスも、くしゃりと顔を崩して笑ってくれる。初めは目を逸らしたくなるほど怖かったその顔も、今はいくらでも見つめていられる。目と目が合って、視線が絡み合って、二人はにこりと笑い合った。

「……はい」

リックはしっかりと頷いて、もう一度頭を下げると、振り返る事なく、ディビスの家を後にした。


——それから。あっという間に三日が過ぎた。

十六

（ちょっと遅くなったな……）

すっかり日の暮れてしまった住宅街。等間隔で並んだ街灯が、俯き走るリックの足を照らしている。

春とはいっても、夜はまだ少し肌寒い。リックは肩を竦めてから、足の回転を速め、先を急いだ。

三日ぶりに見る、大きな家。

屋根まで見上げようとすると首が痛くなりそうなそこを、ちら、と見上げ、リックは「すぅ」「はぁ」と息を吸って吐く。

そして、尻ポケットに挿していた財布を取り出すと、ふたつ折りのそれを広げて、中に入っている物を確認した。

「………よし」

再びそれを折り畳んで、リックは気合いを入れるように頬を叩くと、少しだけ震える指先で、呼び鈴を押す。

ピンポーン、という軽やかな音が響いて数秒、バンッと勢いよく扉が開いた。現れたのはもちろん、ディビスだ。

「リックさん……！」

リックの名を呼びながら登場した彼に、リックの方が驚いて仰け反ってしまった。

「わっ」

「あぁ、悪い。……遅かったな？　大丈夫か？」

リビングか部屋にいたにしては早すぎる。もしかしたら、玄関付近にいたのだろうか。

リックは思い切り仰け反ってしまった体を戻して「あ、はい」と頷いた。呼び鈴を押す前に入れた気合いは、今の一件で呆気なく霧散してしまった。

ふへ、と息を吐くリックを家の中に招き入れながら、ディビスが、「ん?」と首を傾げる。

「……リックさん？　何か印象が……、あぁ、髪が」

「あ、はい」

ディビスの視線を感じ、リックは己の髪に指を挿し入れる。

「切りました」

満面の笑みを見せるのもなんだかキメているようで恥ずかしいし、かといって真顔も変だ。結局、へへ、と照れたように少し笑ってみせれば、ディビスが目を細めた。

「似合ってる。前髪が短くて額が見えてる、可愛い」

「いやぁ、はは……ありがとう、ございます」

いつも通り、躊躇いのないどストレートだ。リックはやはり恥ずかしくなって、指摘された（褒められた、と取っていいのだろうか）額に手をやり、前髪をちょいちょいと弄(いじ)った。

そして、恥ずかしがっている場合ではないと気付き、「ごほん」と咳払いする。

「あの、ディビスさん」

「ん？」

名を呼びかければ、ディビスが首を傾げる。

リックは一度口を閉じて、小さく深呼吸すると、改めて口を開いた。

「いい部屋が、見つかりました」

「……もう？」

ディビスは驚いたように目を見張ってから、何故か、うろ、と視線を彷徨わせた。

リックは、それに気が付かず、「はいっ」と元気に頷いてみせる。

「といっても、最終的にふたつの部屋で悩んでいて。ひとつは職場に近い所で、もうひとつが……」

「リックさん」

勢い込んで話を続けようとするリックを遮るように、ディビスがリックの名を呼ぶ。

「話は、部屋の中で聞こう。まだ玄関だ」

ディビスはそう言うと、ふい、と背を向けて、リビングの方へ向かって歩き出した。ディビスらしくない有無を言わせぬ態度に、興奮に膨らんでいたリックの尻尾が、しゅん、と僅かに萎む。

確かに、ここは玄関先だし、まだ顔を合わせて数分も経っていない。はしゃいでしまった自分が恥ずかしく、リックは、少し俯きがちに、ディビスの後を追った。

リビングに入ったはいいものの……どうしてだか、中々話し出すタイミングが掴めない。

リックは、お茶を淹れてくれているディビスをちらりと窺いながら、「はぁ」と小さく溜め息を吐いた。

部屋に入るなり、ディビスはキッチンの方へと行ってしまった。リックが、カーディガンを脱いだり手を洗ったりと、ちょこまかと諸々を済ませてしまってからも、中々キッチンから出てこない。

「ディビスさん？」

名を呼べば、「なんだ」と返事は返ってくるものの、なんとも話しかけづらい。上手く表現できないのだが、こう、ディビスの周りに防御壁のようなものを感じる。つまりそう、「話しかけるな」という意思を感じるバリアーだ。

（まいったな）

リックはソファに深く腰掛けて、溜め息を噛み殺した。

こんな事初めてだ。ディビスはいつだってリックの話に耳を傾けてくれたし、飾る事なく正直に、自分の気持ちを話してくれた。

何が彼をこうさせているのだろう、と考えて、リックは足元に視線を落とす。そして、はた、と気が付いた。

（あれ、このスリッパ……）

リックが履いているのは、三日前まで履いていたふかふかででっかいスリッパではない。当たり前のように、与えられていた物を履いていたから気が付かなかった。

春らしく、淡いグリーンにさらさらとした布地。ちゃんと厚みもあって履きやすい。サイズは……、リックの足にぴったりだ。

きっと、ディビスがリックのために、わざわざ用意してくれたのだろう。リックの事を考えて。

「……ディビスさん」

リックはたまらず、ディビスの名を呼んだ。そして、そのますっくと立ち上がり、ずんずんとキッチンへ進んだ。

「どうした？　茶を淹れるからもう少し……」

「ディビスさん、聞いてください！」

この期に及んで、まだリックから目を逸らすディビスを振り向かせようと、少し強めに声を張り上げる。

「嫌だ」

ディビスは手に持ったカップを、うろうろと彷徨わせてから、ぼそ、と呟いた。

「……はぁっ？」

まさかの拒否に、リックはその場で飛び上がる。尻尾がいつもの倍くらいに膨らんだ。

「なっ、なっ、……聞いてくださいよ！」

「嫌だ、聞きたくない」

「えっ、ちょっ」

ディビスが、カップを持ったまま、するりとリックの横を通り抜ける。驚くリックを尻目に、ディビスはそのまま逃げ出した。

「まっ、えっ、待って！」

リックの制止も聞かず、ディビスはリビングを抜け、廊下へと大股で移動していく。

「ディビスさん！」

リックは慌てて、その後を追いかけた。


廊下に出ると、すでにディビスの姿はなかった。外に出た気配はなかったので、おそらく、どこかの部屋に入ってしまったのだろう。

リックは頭をかいて、とりあえず一番近い部屋から扉を開けていく事にした。

「ディビスさーん」

トイレ、風呂場、書斎に客間。いくつか部屋を覗いたが、そこにディビスはいない。残すはディビスの寝室だけだ。

リックは、数ヶ月間寝起きしていたその部屋の扉を、こん、と軽くノックして、開いた。

「ディビスさん？」

暗い部屋に、リックが開いた扉の分だけ光が射し込む。

奥にあるベッドを見れば、そこには、ディビスが腰掛けていた。手には、カップを持ったままだ。

リックはとりあえず「ほっ」と安堵の息を吐き、部屋に足を踏み入れた。

「……もう、なんで急に逃げるんですか」

「悪い」

ディビスは素直にそう謝って、諦めたように深い息を吐いた。そして、カップをベッドの上に放る。

短い放物線を描いたカップに、リックは一瞬ヒヤリとしてしまったが、それは柔らかな枕元に、ポス、と収まった。

それを確認して冷や汗を拭った後、リックは枕元に置かれた物を見て目を丸くした。

「あれ……？　それ……」

数日前まではそこになかった物だ。確か、リックが貸してもらった部屋にあった……。

「リスの、ぬいぐるみ」

リスはまるで最初からそこの住人だったかのように、ディビスのベッドに馴染んでいる。枕元で、こてんと横になって、腹まで布団を掛けられて。

「あぁ。リックさんがいなくて、寂しかったからな」

項垂れるように、太腿に肘を突いたディビスが、リックの視線を追ってさらりと答える。

「寂し……」

「寂しかった。ほんの数ヶ月前まで、ここに一人で寝ていた筈なのにな。寂しくてたまらなかった」

どストレートだ。相変わらず、リックはその豪速球にめためたにされる。だが、ここで空振り三振に終わる訳にはいかないのだ。

「ディビスさん」

「リックさんが部屋を見つけた事、嬉しい筈なのに、素直に喜べない。いつここを出て行くかなんて聞きたくない。聞いたらもう、それきりになってしまう気がして……」

だから、わざと聞かないふりをした。と、ディビスはそう言って、大きな手のひらに顔を埋めた。

薄暗い部屋。リックは明かりも点けずに、足を踏み入れた。そして、ベッドに腰掛けるディビスの前まで進むと、片膝を突いて座る。そっと、ディビスの膝に手をかけると、ようやく彼が顔を上げた。

「ディビスさん。俺、……俺、貴方が好きです」

「え?」

リックの言葉が思いがけないものだったのであろう。ディビスは、跳ねるバネのように勢いよく体を起こし、ベッドのスプリングでバランスを崩して手を突いた。

「リ、リックさん」

「……ふは、俺のストレート、ど真ん中に届きました？」

「ストレート？」

切れ長の目を見開いている顔が何だかとても珍しくて、面白くて。リックはからかうようにディビスに笑顔を向ける。ディビスは、よくわかっていない様子だが。

「ディビスさん、いつもバカスカ放ってくれるじゃないですか。好きだ、とか、可愛い、とか」

そのお返しですよ、と、口端を持ち上げれば、ディビスが目を丸くしたまま、数度瞬いた。

「なるほど。……しかし、凄い威力だ。いや、でも、本当に……？」

ディビスが、自身の手を持ち上げて、胸の辺りを撫でる。まるで、そこに向かってボールが飛んできたと、真っ直ぐに突き刺さったのだと言わんばかりに。

「……一昨日（おととい）、髪を切りました」

唐突なリックの言葉に、ディビスが不思議そうな顔をする。リックはそれを見て、にこりと笑いながら話を続けた。

「それから、ディビスさんの同僚のテイラーさんにお礼を言いに行ってきました」

「テイラーに？」

テイラーとは、リックの家が火事になったあの日、ディビスに連絡を取ってくれた親切な消防官だ。

管轄の消防署に問い合わせてみたら、あっさりとアポが取れた。

「はい。テイラーさんがディビスさんを紹介してくれたから、俺、こうやって無事に冬を越せました
し」

彼は、わざわざお礼に出向いたリックに驚いたようだった。そして、無事に冬眠を終えたリックを見て「顔色は良さそうだ。良かった良かった」と我が事のように喜んでくれた。本当に、良い人だと思う。

「そして、元の家に行って、どうなってるのかちゃんと見てきました。……まぁ、ほとんど更地になってましたけど」

なんと、新しくマンションが建つらしいですよ、と笑うと、ようやくディビスの表情も柔らかくなる。それを見て、リックも頬を緩めた。

「職場にも連絡して、復帰の目処もついて、部屋も探してきました」

リックはそこまで言って言葉を切ると、自身の膝を見るように、視線を下げる。

「正直言って、ここにいる間に、もう……ディビスさんの気持ちに対する答えは、決まっていました」

ディビスと過ごした数ヶ月間。冬眠で緩んだ記憶を何度掘り返しても、良い思い出しか出てこない。

暖かで、優しくて、幸せな冬眠だった。

ディビスに好きと言われて、焦ったり戸惑う気持ちはあったが、嫌悪感を抱いた事は一度もなかっ

た。

「でも、この家に世話になったまま、冬眠の延長みたいに、なし崩しで貴方との関係を築いていくのは嫌でした」

確かに、ディビスはリックを大事にしてくれていた。冬眠の延長のように、「ここに置いて欲しい」と言えば、置いてくれただろう。家に困る事なく、食べ物に困る事なく、リックはぬくぬくと過ごせた筈だ。だが、しかし……。

「俺……小型獣人だし、財産なんて持ってないし、火事で焼け出されて、一人じゃ冬眠も出来ないような情けない奴ですけど……、……でも、俺だって、ちゃんと、……その、一端の男ですから」

リックは、ごそごそと尻ポケットを探り、財布を取り出す。そして、その中に入れていた紙を二枚、取り出した。何度も何度も取り出して見たせいで、少し皺くちゃになったそれを、ディビスに差し出す。

「……あの、ディビスさん。俺と一緒に、遊園地に行きませんか？」

それは、近くの遊園地のチケットだった。リックなりに考えて、勇気を振り絞って買ってきたプレゼントだ。

ディビスに、自分の気持ちを伝えるなら、これを一緒に渡したいと思った。

何か特別な物を贈るより、言葉を重ねるより、これが、一番伝わるだろうと、そう思った。

「俺、ディビスさんが好きです。叶うなら、ディビスさんと、……一緒に、遊園地行きたい」

ディビスは、しばし無言でリックが差し出したチケットを見下ろしてから、そっと手を伸ばして、それを受け取った。

「………驚いた。リックさん」

「は、はい」

ディビスの黒い目が、じっ、とリックを見下ろしている。明かりの少ない部屋の中、それでも、ディビスの目には、確かに仄かな光が灯っていた。

「リックさんは、可愛いし、格好良いんだな」

「へあ？　わっ……！」

チケットごと、ぐいっ、と手を引かれて、リックはベッドに乗り上げる。正確には、ベッドに寝転ぶディビスの上に。

「リックさんは、……最高だ」

嬉しそうに、本当に嬉しそうに笑う、ディビスの上に。

十七

ディビスの笑い声が、頭のてっぺんに響く。腕の中に仕舞い込むように抱き締められているから、余計に大きく聞こえるのだ。

しばらく、「くっくっ」と笑いの余韻のようなものが続き、そのうちにそれもなくなって、静かになった。

（これってつまり……）

遊園地には行ってくれるという事だろうか。という事はつまり、リックとディビスは恋人になったと言っていいのだろうか。

（えっと、えっとぉ……、どうすればいいんだ？）

念のために、確認しておいた方がいいのだろうか、とリックは悩む。確認したい事とはつまり、「俺達って、付き合うって事でいいんですか」や「恋人って言っていいんですか」といった内容なのだが……。

（う……、恋愛初心者には荷が重すぎる）

遊園地のチケットを差し出したあたりで、もうリックの心臓はバクバクだった。軽く突ついただけで、パンッと破裂しそうなくらい高鳴っていたのだ。もうすっかり、「恋愛」というカテゴリにおけるリックの限界を超えている。キャパオーバーだ。

しっかりと抱き締められているので、最悪の状況ではないのだろうという事はわかる。が、どう動けばいいいかが全くわからない。

（世の中の恋人は凄いなぁ）

皆、こういった告白なり何なりを乗り越えて、恋人になっているのだろう。「好きだ」と伝えて、抱き締め合って、その次に何をするのか、リックには何ひとつ閃かない。

ディビスの匂いがするシャツに顔を埋めているが、右を向けばいいのか左を向けばいいのか、はたまた顔を上げればいいのかすらわからない。それに、ディビスの脇下から飛び出した手の置き所にも困っている。抱き締めていいのか、駄目なのか、許可がいるのか、いらないのか。いっそ、誰かに教えて貰いたい。

何も出来ずに、カチンコチンに固まったままでいると、ディビスが僅かに体を離した。

あぁ離れるのか、と思ったのも束の間。ディビスの大きな手が、そっとリックの顎にかかる。

（んっ？）

くっ、と上向けるように持ち上げられて、さすがのリックも察する。これは多分、キスをされる流れだ。

（なるほどな。何か言うとかじゃなくて、態度でしめす……と）

いやぁ勉強になるなぁ、なんて呑気を装おうとしたが、無理だった。リックは、近付いてきたディビスの顔を避けるように、首を仰け反らせる。

「…………」

「…………」

しばしの無言。変な空気が流れたが、リックにはどうしようもない。

気を取り直したように、ディビスがリックの顎を、くい、と引いて、またも正面から顔を近付けてくる。

リックは、ぐぎぎ、と首を左に向ける。と、ディビスの唇が、右頬を掠めていった。

「…………」

「…………」

更なる無言。リックは左を向いたまま、正面に向き直る事が出来ない。顔の右半分に、穴が開きそうな程の視線を感じたからだ。

「リックさん？」

「…………は、はい」

「キスしたいんだが」

ですよね、とリックは心の中だけで頷く。ディビスは明らかにキスをしようとしていた。雰囲気としても、おかしくないだろう。当然といえば当然の流れだ。

だが、リックは顔を背けたまま、ぎゅっと目を閉じる。

「いや、こ、心の準備が……」

「キスは、何回かした事があるだろう？」

不思議そうにそう言われて、リックは「そ、そうですけど」と口ごもる。

そう、確かにキスならした事がある。だが、しかし……。

「その……あの、こ、こ、こ……っ」

「こ？」

不思議そうな声を出すディビスを、薄目を開いてちらりと確認してから、リックは心持ち顔を俯けて、ぼそぼそと喋る。

「こ、ここ、恋人……としては、初めてでしょう……」

言ってやった、とリックは「ふぅっ」と息を吐いて、両手で顔を覆う。

「リックさ……」

「こ、恋人ですよねっ？　恋人でいいんですよねっ？」

何か言いかけたディビスを遮り、リックは半ば叫ぶように言葉を紡ぐ。一度吐き出し始めると止まらなくなる。顔を隠して視界を遮っているせいか、余計に口が滑る。

リックは、両手で顔を覆ったまま、わぁっ、と喋り続けた。

「ねっ？　俺の勘違いじゃなくていいんですよね？　遊園地行くんですよねっ？　お、俺、俺……こういうの初めてだから暗黙の了解的なのはわからないっていうか、なっ、何を言っていいかもわからないしっ！　さ、さっきの遊園地に誘うのとかは、言おうと思って準備して練習してたから言えたようなもので……っ」

「リックさん」

手首を摑まれるが、リックは頑なに顔を覆ったまま離さない。いや、離せない。しかし、ディビスも、グッと力を込めてリックの手首を摑み直した。段々、段々と、顔から手が離れていく。

「つっ、付き合おうとか言ってないのにキスするのとかもよくわからなくてっ！　いやもう何回もキスしてるし、今更ってのはわかってるんですけど！　でもっ、でも、なんかもうその時のキスとは違うんじゃないかって……っ、思って……っ！　あぁぁっ、もうっ！」

「リックさん……！」

べりっ、と音を立てるように、リックの顔から手が離れる。ぐぐぐ、と力を込めて割り開かれ、リックは眉尻を下げて、くしゃりと顔を歪めた。

「こんな、いい歳して、こんなんでごめんなさい……」

顔が真っ赤に染まっているのがわかる。情けなくて、恥ずかしくて、息を吸うのも吐くのも恥ずかしい。

ダサい、恥ずかしい、二十歳も近いのに何を言っているのだ、という自覚もある。だが、慣れないものは慣れないのだ。ダサかろうが、野暮ったかろうが、コレがリックだ。リックなのだ。

……と、目の前のディビスが、突然、リックの手首を摑んだままがっくりと項垂れた。それはもう、見事にがっくりと。頭が下がって、ディビスのすっきりとした頸がよく見える。

「……で、ディビスさん……？」

やっぱり呆れたのだろうか、と思わず焦ってしまったリックの耳に、「うぅ」という獣の唸り声のような音が聞こえた。

「え？」

「……リックさん」

唸り声は、ディビスの声だった。地を這うような低い声が、リックの顔の下の方から聞こえてくる。

「リックさんといると、とても楽しくて、嬉しい、幸せな気持ちになれる。だが同時に、色々……苦しい」

「く、苦しい？」

「いたいけな子リスに、悪い事をしている気分になる」

「いたいけ……」

十九歳の男を捕まえて何を言うのやら。リックは「何の冗談」と苦笑いして頬を引きつらせる。が、ディビスは笑わない。どうやら、冗談で言っているつもりはないらしい。

「だがそれでも俺は、リックさんが、好きだ。とても好きだ。……真剣に、付き合って欲しい、恋人として」

「えっ、あ、あ、はい」

以前風呂場で聞いた時よりも、確固たる意思を感じる言葉だった。普段、直感で話しているようなタイプのディビスにしてはとても珍しく、考え込むように一言一言区切りながら、ゆっくりと話している。

「……はい」

思わず反射的に答えた後、ゆっくりと間を置いて、もう一度頷いた。一瞬、「こんな素っ気ない答え方で良かっただろうか」と不安に思ったが、ディビスは特段何も言わない。多分、これで良いのだろう。

「遊園地も行こう。今からでもいい」

「えっ、い、今は……ちょっと」

リックはちらりと窓の方に目をやって、ふるふると首を振った。もうとっぷりと日も暮れている。

「では明日行こう」

「明日ぁ？」

えらく急な話に、リックは目を白黒させる。

「だって、もうすぐここを出て行くんだろう？　リックさんの職場はここから何駅かあるし、その前に……」

「あ、いや、それなんですが……」

リックは、こほん、と咳払いして、ディビスの肩をトンと叩く。そして続け様にトントンと叩き、ディビスに顔を上げるよう促す。

ようやく顔を上げたディビスの目と目を合わせて、リックは、いひ、と笑って見せた。

「引っ越し先の候補はふたつあって。ひとつめは職場に近い所で……」

先程出来なかった話の続きを、リックは、にんまりと笑いながら披露した。

「もうひとつは、えっと、ここの近所です」

「え？」

「春から、ご近所さん」

自分を指差し、ディビスを指差して、リックはこの春からの、新たな二人の関係性を伝えてみる。

「……にも、なりたいなぁ、と。その、ディビスさんが良ければ」

勝手に自分の家の近くの物件を探されて、嫌じゃなかったか……と、リックは少し自信なさげに首を傾げる。ディビスは、リックの顔を見て、自身を指す指先を見て、もう一度リックの顔を眺めてから、花が綻ぶように、相好を崩した。

「いい響きだな」

「え？」

「ご近所さん」

ご近所さんの恋人だ、とディビスは噛み締めるように呟いて、そしてまたリックをその大きな腕の中に抱き締めた。

「ご近所の恋人のリックさん」

「……正確には、もうすぐ、ご近所の恋人のリックですけどね」

要らぬ訂正を加えながら、リックはくすくすと笑う。さっきまでの妙な緊張はかなり解(ほぐ)れて、安心してディビスの腕に身を任せられる。

そうか、これが恋人との距離なのか、とリックは不思議な気持ちでディビスの胸にもたれかかった。そこはとても暖かくて、ゆったりと目を閉じたくもなるし、なんだか居ても立ってもいられないような、うずうずとした気持ちにもなる。

これはまるで、春だ。と、リックは目を閉じたまま、くすりと笑った。

暖かくて心地良くて、なのに何かせずにいられないようなこの気持ちは、春のようだ。心の中に、春が来たのだ。

「もうすぐご近所さんの、可愛い恋人のリックさん」

「かわ……、ふん、……はい、なんですか？」

「それでも俺は、明日貴方と遊園地に行きたい。……どうだ？」

ディビスの匂いのするシャツ。鼻先を埋めて、すん、とその香りを吸い込む。リックは、すぅ、と胸一杯に詰め込んだ空気を吐き出すように、「はい」と大きく返事を返した。

「……良かった」

ディビスが、短くなったリックの前髪を、こめかみから滑るように持ち上げる。

「キスしていいか？　恋人として」

「キ、ス、してください。……こ、恋人として」

ちょっと噛んでしまったけど、そこはまぁ勘弁して欲しい。リックは精一杯顔を上向けて、目を閉じてみた。

「出来ればその先もしたいんだが」

さらりと呟かれたそれは、今のリックにはまだ答えづらい質問だ。

「そ、そういうのは、せめて、……その……は、初めてのデートを成功させてからでしょう」

とりあえず、答えは明日の自分に放り投げる事にした。ディビスは「明日。明日か……」と何やら満足そうに納得しているが、まさか明日事に及ぶなんて事は、……ないと信じたいが、ないとも言い切れない。

「ディビスさ……、んっ……んぅ」

問いかけようと開いたその口は、ディビスのそれにまんまと塞がれてしまって。

リックの微かな懸念は、明日へ持ち越される事となったのだった。

十八

「た……楽しかった……」

ファンシーなキャラクター達がぽんぽんと散りばめられたショップバッグを、玄関先にワサッとまとめて置いてから、リックは呆然と呟いた。

へにょ、とへたれた袋からは、キャラクターの描かれたクッキー缶であったりぬいぐるみであったり、はたまたTシャツやタオルやらが覗いている。

歩き回りすぎてジンジンとする足を靴から引き抜いて、這いずるようにスリッパを履くと、後ろから「そうだな」と肯定が返ってきた。声の主はもちろん、ディビスだ。

「なんだか、まだフワフワした気分です。最後のパレードのチカチカが、目を閉じたら蘇ってくるというか……その、とにかく凄かったです」

リックがふにゃりと笑ってそう言うと、ディビスも素直に頷いた。

「凄かったな」

「はい。あ……、すみません。なんか結局色々買って貰って……」

「いや、いいんだ。手は？　大丈夫か？」

リックが抱えていた袋に入っている多くは、ディビスに金を出して貰い購入した物だ。曰く「リックさんはチケットを準備してくれたから、その他の金は俺に出させてくれ」との事だったが、明らかにチケット代以上の金額に達している気がする。

もちろん、リックが「欲しいです」「買ってください」と言って強請（ねだ）った訳ではない。ただ、土産物屋で眺めていたら、リックが手に取る端からディビスがレジに持っていったのだ。せめても荷物は自分が持つ、と言って遊園地からずっと抱えていたが、まぁそれなりに重さがあった。手のひらを見下ろしてみれば、赤い線の跡が残っている。

「全然大丈夫です！　……はぁ。それにしても楽しかったなぁ」

リックとディビスが今日行ったのは、遊園地というより、テーマパークと言った方が相応しい施設だった。非日常な空間の中で、何人（何匹？）ものキャラクターが行ったり来たりしており、乗り物やレストラン、リック達が買ったお土産に至るまで、どこもかしこも彼等の姿がプリントされていた。夜に催されたパレードも、眩い電飾が施された大きな乗り物に彼等が乗って現れては通り過ぎていくといったもので。今日一日で、一体何十回彼等を見たかわからない。

何れにせよ、リックはいつの間にか、すっかり彼等のファンになっていた。

「あ。後でお茶飲みながらこのクッキー食べましょうか」

「あぁ、それはいいな」

「あと、あと、……これ！　この色が変わるシャボン玉もお風呂でしましょう。苺の匂いがするらしいですよ」

袋をガサガサと漁って「じゃーん」とばかりにキャラクターの姿が模されたケースに入ったシャボン玉液を取り出せば、ディビスは笑いながら頷いてくれた。

「あぁ、それもいいな。後で試してみよう」

「あとは……えっと、Tシャツは一回洗濯して、明日着る……にはまだ寒いよな。あぁ、早く着たいなぁ」

リックが玄関先に座り込んで袋の中を覗いていると、ディビスがその頭にポンと手を置いた。

「土産は逃げない。手を洗ってうがいして、風呂に入ろう」

「へへ、はいっ」

リックはぶんぶんと尻尾を振りながら、大きく頷いた。そうだ、お土産は逃げない。今日あった事をゆっくりと話しながら、また広げて見ればいい。

「……夜は長いしな」

リックの思考を読んだかのように、ディビスが呟く。その言葉に含まれたもうひとつの意味に気付く事なく、リックは「そうですねぇ」と呑気に頷いた。

風呂に入って、二人で茶を飲んで、ゆっくりと今日を振り返った。どのアトラクションが楽しかったの、あのキャラクターが可愛かったの、そんな事をのんびりと。

リックが、やっぱりジェットコースターっていうのは怖くて、メリーゴーラウンドは綺麗でした。と言ったら、ディビスが腹の底から楽しそうな笑い声を上げて、「そうか」と頷いてくれた。

記憶に残る限り、生まれて初めての遊園地だったが、本当に、本当に楽しかった。人生で一番楽しかった日はいつか、と聞かれたら迷わず「今日！」と答えてしまうだろう、と思うくらいには……。

ベッドに寝転んでからも、リックはうつ伏せになって遊園地のパンフレットを眺めていた。左右の足を交互にぱたぱたと動かしながら、最初にここに行ったな、で、次はここに……、とマップを指で辿っていると、不意に、尻尾を撫でられた。

「ん――？」

さわさわと、触れるか触れないかの微妙なタッチで撫でられ、リックは思わず尻尾を振るう。くすぐったかったのだ。

しかし、悪戯な手は諦める事なく、またもリックの尻尾を触って、撫でて、芯の辺りをふにふにと揉んでくる。

「ん、ん……ディビスさん？」

パンフレットに落としていた視線を上げるのと、リックの背中と服の隙間に、するりとディビスの手が入り込んでくるのは、同時だった。

「うひゃっ？」

まさかの不意打ちに、リックは変な声を上げてしまう。戸惑いながらディビスを見れば、彼は彼で、不思議そうな顔をしていた。

「なんだ？」

「なんだ、って……、その、手が……」

ディビスはしばし考え込むように黙った後、首を捻った。

「デートは成功だっただろう？」

まるで「朝起きて顔を洗うのは当然だろう？」と言うような、当たり前の事を確認する物言いだった。

リックは一瞬何と答えるべきか迷って、視線を彷徨わせた後、小さくこくりと頷いた。

「えっと、……はい」

変な顔をしながらも頷いたリックに、ディビスが「そうか」と満足気に鼻を鳴らす。

「デートが成功したら、こういう事をしてもいいと言っていただろう?」

「こういう、事?」

なんだか怪しい流れだ、とリックが気付いた時にはもう遅かった。リックの思考が巡るより、ディビスの手の方が何倍も早かったのだ。

「ひっ」

うつ伏せのままの体に覆い被さるように抱き締められて、リックは息を飲んだ。首筋と臀部にディビスの熱を感じる。

首筋は、唇だ。そして臀部は……。

「たっ、たっ、たっ、勃っ……っ?」

熱くて硬いソレは、見るまでもなくディビスの「アレ」に間違いないだろう。でなければ、ディビスが何かとても太くて硬い棒をポケットに仕込んでいるか、だが……、まぁその可能性は低いだろう。

多分それは、ディビス自前の棒だ。

「ディビスさ……、ちょっ」

ちゅ、ちゅ、とうなじに吸い付くようにキスを落とされて、リックはどうにか抵抗しようとジタバタ手足を動かしてみる。が、もちろんそんなものではディビスの体はビクともしない。むしろ更に強く抱き締められて、尻に当たるソレを、ますますリアルに感じただけだ。ごり、と押し付けるように擦り付けられて、リックは動かしていた手足を強ばらせた。

「……デートは、楽しくなかったか？」

首筋に触れていた唇が、耳元へと移動した。囁くように問われて、リックは「あ」と小さな声を零す。

そして、それを誤魔化すように唇を噛むと、食いしばった歯の隙間から漏らすように答えた。

「いや、楽しかった、ですけど……」

「昨日言っていた事は？」

それは多分、「デートに成功したらうんたらかんたら～」の事だろう。少し拗ねたようなその声音に、リックは「うっ」と言葉に詰まる。

確かに、昨日そんな感じの事を言ったような気もするし、結局否定も言い直す事もしなかった（出来なかった）気がする。

だが、昨日の今日でこの展開は、リックにはハードルが高すぎる。

「やっ、でも、そのっ……まだ一日だけで……」

そう、リックとディビスは、昨日から正式に恋人となった。つまり、まだ交際一日目だ。付き合った次の日にこういう行為をするのは、果たして正しいのか正しくないのか。リックは、判断できるだけの材料を持ち合わせていない。

「一日じゃない」

「は、え？」

「この数ヶ月、ずっと我慢していた」

後ろから大きな手が伸びてきて、頬に触れる。見えない方向から差し出されたそれに驚いて、リックは体を跳ねさせた。

長い指が、顔の造形を確かめるように動き回り、唇に辿り着く。と、ゆっくりとそこに指先を差し込み、上下に開こうとしてくる。

「んぁ」

「ここを……思う存分舐めて、吸って、味わいたかった」

あんな子どものようなキスじゃなくて、と囁かれ、リックの頬が、カッと熱くなる。

指先で舌を探られ、きゅ、と摘まれ、そしてまた撫でられて。ぞくぞくとした不思議な感覚が尻尾の根っこの辺りを走った。

「ん、んん……」

「裸だって」

ディビスの左手が、リックのパジャマの前を寛げる。あまりの早技に、リックにはなす術もない。

ひやりとした手が、服の合わせから忍び込んで、リックの薄い胸を撫でた。

「何度も何度も、……何度も見せつけられて」

胸の上を滑っていた指先が、少し芯を持って尖ってしまった乳首に引っかかる。偶然かと思ったが、そうではないようだ。指の先で弄るように、くに、くに、と何度も押し潰してくる。

「まるで拷問のようだった。……ここも、何度押し倒して、むしゃぶりつこうと思った事か」

ここ、と親指と人差し指で乳首を挟まれて、リックは腰を捩らせる。だが、捩る程、尻を引こうとする程、背後の「アレ」に尻を押し付ける形になってしまって、結局、大人しくするしかなくなる。

その指から逃げたいのに逃げられなくて、段々、リックの息が上がってくる。

「ディ、ビスさん……、んっ」

控えめだった乳首は、いつの間にかしっかりと立ち上がってその存在を主張している。今まで、自分のそんな所など意識した事もなかったのに、きゅ、と摘まれるたび、くりくりと指の腹で撫で回されるたび、甘い疼きが腰を蠢かさせる。

「ひっ、…ちょっ、これ……、らめれす、って……」

ぎゅっと目を閉じて精一杯の抗議の声を上げてみるが、それは全く通用しない。そもそも、口に指を突っ込まれているので、言葉もままならない。

「細い腰も、小さな尻も、……全部、余す所なく見たい、触りたい、舐めたいし嬲りたい」

胸をまさぐっていた手が、鳩尾(みぞおち)を辿り、臍(へそ)をくすぐり、下着をくぐり抜け、リックの薄い下生えの辺りに触れる。ぞり、としたその感覚に、リックは今度こそ腰を跳ねさせた。

「ひゃっ!」

あ、これはやばい、まずいやつだ。と、リックは混乱する頭の中で思い至った。

このままいったら、多分自分はぐずぐずにされる。ディビスの手の中で、こんな情けない体勢のまま、好き勝手にされてしまう。

(やばい、やばいやばい)

情けない、本当に情けない話だが、胸をするすると撫でられただけで、乳首をちょろっと摘まれただけで、リックのそれはすでにしっかり反応している。それというのはつまり、ペニスだ。それにディビスが気が付いたらどうなるだろうか。握られて、扱(しご)かれて、リックは間違いなくイカされる。その後は多分、ディビスの言葉の通りになるだろう。射精して、ふわふわとなったところを脱がされて、ディビスに散々舐められて嬲られるだろう。

「ま、ま、まっれ……、ね、れいびすさん……」

ディビスの指は、いつの間にかしとどに濡れている。閉じきれない口から透明の糸のようにポタポタと溢れている、リックの涎のせいだ。

リックは思い切って、その指を「ちゅうっ」と吸って、ディビスの意識を自分の顔の方に向けさせた。ちゅうちゅうと吸って、拘束が緩んだところで、ちゅぽっ、と吐き出す。

「ん、ぷはっ、……で、ディビスさんっ」

リックは腰を持ち上げて、両手でディビスの左手を押さえる。尻に当たるディビスのペニスは、とりあえず今は無視だ。

「ちょっと、もう少し、ゆっくり……」

「ゆっくり？」

ゆっくり、の言い方がイヤらしい。これは絶対エロい方の「ゆっくり」だと察したリックはブルブルと首を振る。

「俺、ほんとに、ほんとぉおに、こっ、こういうの初めてなんで……っ」

「あぁ、そうか、そうだな」

「……う、嬉しそうにしないでくれます？」

何故か含み笑うように頷くディビスを、リックは半眼になって睨み付ける。とはいえ、うつ伏せなので、視線は届いていないだろうが。

「と、とにかくっ。もうちょっとゆっくり、その、段階を踏んで貰ってもいいですか？」

「段階？」

どんな、と続けられて、リックは言葉を失った。段階、段階、エッチな事の段階。そんな事、これまで性経験のないリックには、咄嗟に思い浮かばない。しかし、とりあえず「身体中を舐めまわされて嬲られる」が、かなり進んだ段階である事はわかる。さすがにわかる。

「え――っと、えっと、まず、その、キスしたり」

そう言った瞬間、ぐっ、と顎を持ち上げられて、口元に、ちゅっ、とキスをされた。ちゅ、ちゅ、ちゅ、と続け様に。機関銃のようなそれに、リックは目を白黒させるしかない。

「んっ、んっ、んっ？」

「キスした。……次は？」

ぷはっ、とばかりに口を離され解放されて、リックは呆然と目を見張る。わなわなと震える手で口を押さえながら、それでも言葉を絞り出す。

「つ、つ、次は……えっと、抱き締め合って……」

間髪入れず、ぎゅっと抱き締められる。その後に続く台詞は、もう聞かなくてもわかった。

「次は？」

リックは、ごくりと息を飲んだ。多分、これは何かしないといけない。何かしらエッチな事をしなければ、片が付きそうにない。

リックは一生懸命頭を巡らせる。性知識の総動員だ。相手の体に触る事なく、性的に満足する、初心者向けの行為……。

「……あっ！」

「あ？」

「それぞれ自分で自分のに触ってみせる、と、か……？」

言いながら、リックは自分がとんでもない事を言っている事に気が付いて、最後まで言い切る事が出来なくなってしまった。

リックの提案。それは相手ではなく自分の体に触れる事。恋人の目の前で、自分で自分を慰める。つまりそれは……。

（……オ、オ、オナニーを見せ合うって、事に……）

「あっ、あっ、いや……」

リックは慌てて首を振る。しかし、「違う違う違います」と言う前に、ぐいっ、と体を持ち上げられた。

そのまま、腰を摑まれ抱えられ、くるりとディビスと向き合うように座り直させられて。

「それはいいな、とても良い」

胡座（あぐら）をかいて座るディビスの向かいに、ちょこんと据えられたリックは、爛々（らんらん）と目を光らせる彼の目に射竦められて、身動きも出来なくなる。

蛇に睨まれた蛙ならぬ、熊に睨まれたリスだ。

「早速しよう」

ついでに、ようやく目視で確認できたディビスの股間のアレを間近に見て……、リックは更にひどくなった目眩に、額を押さえる事しか出来なかった。

十九

あれよあれよという間に服を脱がされて、リックはベッドの上に転がされた。慌てて体勢を立て直そうとしている間に、ディビスは思い切りよく服を脱ぎ捨てていく。

「あっ、待っ……」

待ってください、という言葉は、結局最後まで言う事が出来なかった。リックの目が、ディビスの体に釘付けになってしまったからだ。

逞しい胸筋に引き締まった腹筋、これまでだって何度も見た事がある筈の裸体なのに、ベッドの上で見せられるとまた違う。何故なのか、どうしてなのか、リックにはさっぱりわからない。

（照明かっ、照明のせいかっ？）

薄ぼんやりとした間接照明のせいだろうか。淡いオレンジが浅黒い肌を艶めかしく見せるのかもしれない。

リックとて、一応男ではあるし、女性のいやらしい動画や本を見てムラムラする事もある。エッチな事を考えて自分で自分のアレを慰める事だってもちろん何度もしてきた。だが、どんなエロティックな画像や想像の中の肢体より、ディビスのその裸体の方が、何倍もドキドキさせられる……、ような気がする。

（男だぞ。男の、ディビスさんの裸なのに、俺……）

ごく、と唾を飲み下した音がやけに響いた気がして、リックは恥ずかしさから顔を俯けた。すると今度は、ディビスの下半身が目に入る。

「でっ」

（……かいよ。デカすぎる。いやほんと、でっかいよ、やっぱり）

体に見合った大きさというか何というか。生で見せつけられたディビスのペニスは、やはり、かなり大きかった。リックが出会ったペニス（という言い方も何だが）の中では一番の大きさだ。

思わず自分の持ち物を見下ろして、リックはもぞもぞと膝を立て、きゅっと股を閉じた。

が、しかし……。

「リックさんは、普段どうやってするんだ？」

こんな時でもストレートをぶん投げてくる男に、遠慮はない。心なし、いつもより言葉に威力がある。ストレートに磨きがかかっている。

「ふ、普段？　え、えーと、その……」

リックは膝をすり合わせるようにもじもじと動かし、ちらりとディビスを見上げる。と、やはり目に入る爛々……というよりギラギラと光る目。捕食者らしい、獲物を喰らわんと狙う目だ。

これはもう、覚悟を決めるしかないのだろうか。と、リックの背を冷や汗が滑る。

「お、俺は、普通です……普通……」

「普通？」

「普通っていうのは、その、つまり……」

問われたら思わず答えてしまうのは、リックの悪い癖だ。質問されたからには何か答えなきゃいけない、という強迫観念にも似た思いが、リックの口を滑らせる。

「ちょっとエッチな事……考えたら、た、勃つから、後は……握って、扱いて、たまに尻尾とか触って……、そのうち、……イキます」

言い終えた途端、かっ、と羞恥が込み上げてくる。が、それで終わりではない。「そうか」と頷いたディビスが、当然のようにリックを促した。

「して見せてくれるか？」

(そうだよなっ、そうなるよなっ)

わかっていた、わかっていたさ、と唇を噛み締め、リックは拳を握り締めた。これはもう多分、諦めるしかないのだろう。どうせもう、裸にひん剝かれているのだ。今更、恥ずかしいもへったくれもない。

リックは、躊躇いがちに手を持ち上げて、そろそろと太腿の間に伸ばす。そして、肌に触れさせる直前でぴたりとそれを止めて、ディビスを上目遣いに見やった。

「デ、ディビスさんもっ、……し、してくださいね……」

じっ、と見られているだけ、というよりは、お互い自分のモノに触り合っている方が意識も逸れるだろう。そう考えたリックは、震える声でディビスに強請る。

ディビスは抵抗する素振りもなく、「わかった」と自身のそれに手を伸ばした。

「ふっ、……」

(あ、やばい……、この体勢)

今更気が付いても、もう遅い。ポジショニングを変える事も出来ず、リックは立てた膝を心持ち開いて、緩く頭をもたげた自身のペニスを摑んだ。

乾き切ったその表面を、する、と撫でる。少し皮を被り気味なそれは、リックの手の中で、ふるりと震えた。こし、こし、と数度上下に擦るだけで、むくむくと大きくなったそれはあっという間に、ぷるん、と濃い桃色の亀頭を露わにする。

（はっ、……ずかしいなぁ、もう）

リックは俯いて、ぎゅっと目を閉じた。

待ってましたと言わんばかりに元気になる自分のペニスが嫌だ。こんな簡単に勃たれると、まるで、ディビスとのアレコレを待ち望んでいたみたいではないか。

恥ずかしさを堪え、すりすりと擦っていると、やがて亀頭の先にふっくらとした透明の滴が浮かんだ。先走りだ。

「ん……」

それは、あっという間にぷくりと膨らみ、そのうちに、ぬる、と裏筋の方へと垂れて落ちた。ちゅく、と湿った音がして、リックの羞恥が煽られる。

「ふっ」

（くそ……もう……）

ちゅ、ちゅく、と音は増すばかりだ。絶対に、絶対にディビスにも聞こえているだろう。それがわかっていても、手が止められない。

「リックさん、気持ち良いのか？」

「ふぁっ？」

急に話しかけられて、変な声が出た。快感を追い続けていたリックは、ハッと目を見開き、声の主であるディビスを見る。

「あ、デ……」

「凄く良さそうだ。……いいな、これ。リックさんの顔とか、色々見えて」

ディビスが微笑んでいる。目はしっかりとリックに向けたまま、「はぁ」と離れていてもわかる程に熱い息を吐き、心なし浅黒い肌を上気させて。そしてその手は、彼の股座（またぐら）、股間の長大な逸物（いちもつ）に添えられていて。

リックは、その姿を見て、くっ、とつま先をしならせた。

「うっ！　……あ、あぁ……」

暴発しそうになったペニスを、懸命に押さえ込む。引きつれそうになる内腿に力を入れ、ぶるりと身を震わせて、「はっ、はっ」と荒い息を吐いて。どうにか、精を放つのを阻止した。

（う、……そだろ、もうっ）

ディビスが、ペニスを弄る姿を見て、瞬間的にイキそうになってしまった。リックはバクバクと高鳴る心臓を宥（なだ）めるように深呼吸を繰り返し、もう一度ディビスに視線をやった。

ディビスのアレは、とても大きい。ディビスの大きな手のひらでも余るくらいだ。

色は赤黒く、おそらく、使い込まれている事がよくわかる。童貞という事は、まず間違いなくないだろう。リックのそれと違って、すっかり皮が剝け切ったペニスは、くっきりとエラが張っていて、何というか、とても強そうだ。ぶるんとした亀頭は、はっきり言ってリックのそれより二回りはでかい。

リックの方から見える裏筋もこれまた逞しく、幹に沿ってふっくらと盛り上がっているのが離れていても見て取れる。ディビスの手の甲が、上下に動く。と、それに合わせてペニスがしなった。てっぺんの鈴口から漏れる汁に、それが絡み付く幹に、その下にある、ふくりとした大きなふたつの膨らみにすら……。

（触って、みたい）

ふと頭に浮かんだ、まさに「欲望」というべき考えにハッとして、リックは正常な意識を取り戻す。気が付けば、じぃ、と物欲しそうにディビスを眺めていたばかりか、先程吐精しかけたペニスをゆるゆると扱いていた。ペニスは、今やしっかりとそそり勃ち、涎のようにだらだらと先走りを零しながら、痛い程に張り詰めている。

はぁ、はぁ、と息を乱しながら、股を開き、欲望のままに性器を扱く。その浅ましい自身の姿に気が付き、リックは「あぁ」と甘い声を上げた。

「ふっ……うっ……」

もはや取り繕う事も出来ない。すでに、イキそうだった。もう、押さえ付けて我慢する事も出来ない。

目の前の男がペニスを扱く様をオカズに、リックは一心不乱にペニスを擦った。これまでオナニーのネタにしてきた、セクシーな女体でもなんでもない。同性であり、しかも自分より一回りも二回りも体の大きな大型獣人のオナニー姿に、興奮が抑えられないのだ。

「ふっ、……はっ……」

口端から、つぅ、と涎が垂れる。上手く口を閉じる事が出来ないせいだ。舌先で拭おうと出してみるが、上手くいかず、ただ自身の唇を舌でぬるぬると忙しく舐めたくったに過ぎなかった。

「はっ、はっ……！」

いつもより吐息が出る。吐息というには荒すぎる、まるで喘ぎ声のようなそれを我慢する事なく、リックは更に自身を追い立てた。

「はっ、……、いっ、……い、くぅ……っ」

腰が迫り上がって、まるで見せつけるように自然に足が開いて、つま先が反り返って、そして……

「リックさん」

「ひぁっ！」

唐突に、腕を摑まれた。

「あー……っ、あ――っ！」

びくっびくっと、精を吐き出しきれなかったペニスがのたうち回っている。リックは信じられない物を見るかのように呆然と目を見開きながら、かくかくと情けなく腰を揺らした。

「えっ？　えっ、い、いきたっ、……いきたいっ」

本当に、射精の直前だったのだ。ペニスは張り詰め、その下のふぐりも持ち上がって、まさに精を放とうとしていた。なのに、それは無残にも、ディビスの手によって遮られてしまった。

「リックさん……、リックさん」

「ひっ、あっ！」

ディビスが、リックの腕を摑んだまま、のし掛かってくる。体格差で負け切っているリックは、呆気なく仰向けに押し倒された。

二十

「リックさん」

まるで大型犬にのし掛られたようだ。むぎゅう、と押し潰されて、リックは「はふっ」と息を吐いた。

「っディビス、さん」

相変わらず、ペニスは痛い程勃っている。もう後何擦りかしたら絶対にイける。

「もっ、俺、……い、い、いきたぃ…です」

恥を忍んで、ディビスの背をぺちぺちと叩きながら訴える。だから離れてくれ、と言う意味を含ませたつもりだが、ディビスはますます興奮した様子で、ちゅ、ちゅっ、とリックの頬や首筋にキスを降らせてくる。

そのちょっとの刺激もむず痒くて、リックは首を振った。

「やっ、やっ」

「悪い」

「へ、えっ？」

「手を出さないように、我慢するつもりだった。けど、無理だ。悪い。……リックさん、イくなら俺も一緒にイキたい」

「……はっ、一緒って……ぅひゃっ？」

有り得ない場所への有り得ない感触に、リックは足をバタつかせた。

「えっ、なっ、そこっ、お……尻っ、の穴っ」

いつの間にか、ディビスの手はリックの股に潜り込んでいた。しかも股の奥の方、すっかり窄まって隠れていた、尻の狭間だ。その奥に秘された穴を、ふにふにと刺激するように、指が這わされている。

「えっえっ、ディ、……えっ、あっ！」

ディビスは体を離したかと思うと、リックの膝の裏を持ち、後ろ回りさせる要領で、コロンとリックを転がした。リックの膝が顔の近くにくる。つまりそう、赤ちゃんがおしめを変えるような体勢だ。揺れる自分のペニスがばっちりと視界に入り、リックは「ひっ」と息を飲んだ。

「んなっ、なにっ、ディビスさんっ？」

「リックさん、男同士がセックスする時、ここを使うって知ってるか？」

「おっ、おしり……っ？」

そうか、そうだな、男には他に挿れられる穴もないし。と頭のどこかでほわほわと考えつつ、リックはごくりと喉を鳴らした。

「えっ、じゃあ、えっ……」

そこを使う、そしてこの体勢、ディビスの指の位置。導き出される結果はつまり。

「俺の、お、おし、お尻の穴に……い、挿れるんですか？」

その大きいのを、とディビスを見上げる。ぐじゅ、と涙目になったのは許して欲しい。リックにとってそこは出口であって入り口ではない。挿れると急に言われても、「はい喜んで！」なんて景気の良い居酒屋店員みたいな返事は出来ない。

「くっ……。……挿れたい、と、思ってる」

一瞬何かを堪えるように歯を食いしばったディビスが、真面目くさった顔でこくりと頷いた。どちら側、というのが明確な名称を持って存在するのかどうかわからないが、この場合、リックが「受け入れる側」になるという事だろう。どちらにせよ、今のリックにリードする余力はないし、ディビスの希望を聞いた方がいいのだろうか。

リックは、頷きかけたり首を振りかけたりして散々躊躇った後、ちらりと自分の下半身とディビスの下半身とを見て、「うーうー」と唸った。そして数十秒の時を経て、ようやく、小さく、本当に小さく僅かに頷いた。

「いいのか？」

「ち、ちょっとだけ、入るところまで……、その、入り口の辺りとか、そこらへんまで……なら」

本来出口である筈の尻穴の入り口とはどこだろう……、と思いながらも、リックは牽制に牽制を重ねる。

ディビスは、ぱぁっ、とわかりやすく顔を明るくすると、こくこくと頷いた。

「あぁ、無理はさせない。ちゃんと慣らす」

「なら、す？」

よくわからない用語に、リックは首を傾げる。だが、ディビスは「あぁ」と言って、ベッドサイドのチェストの方へ、いそいそと移動してしまった。リックはそれを眺めながら、そろそろと足を下ろした。さすがに尻を晒しっぱなしは恥ずかしい。

一体何をされるのだろうと思っていると、何やら透明な液体が入ったボトルと紙箱を手に持ったディビスが、わざわざリックの足をぐいと開き、その間に鎮座した。

「え、なに、なにを……？」

「任せろ」

何をどう任せればいいのだろうか。得体の知れぬ緊張感に、顔も手足も、ついでに尻も強ばらせながら、リックは生唾を飲み込んだ。


「うっ、うぅ、ううう……っ！」

「リックさん、気持ち良いか？」

頭や肩、首を起点に、リックの下半身は、今や思い切り宙に浮いている。腰を支えるディビスの腕が、ぐい、と持ち上げたまま離さないからだ。

「んーっ、んんんっ！」

ディビスの問いに、リックはただ後頭部を枕に擦り付けるように左右に振った。唇を噛み締めている歯がかたかたと震えている。いや、歯だけではない、全身が小刻みに震え、そしてじっとりと汗ばんでいる。

「そんなに噛むと、跡が残る」

ディビスの手が、リックの口元へ伸びてくる。リックはそれから逃れるように首を反らす、が間に合わず、唇と歯列をなぞられ、ぐいっ、と親指を差し込まれた。

「ん、……はぁっ！」

ディビスの指を噛むわけにはいかず、つい口を開いてしまう。途端に漏れ出した自分の嬌声（きょうせい）に、リックは泣きたくなった。

「はぅ、あっ、あっ、あっ！ や、やらぁ……っ」

自由の効く両腕で、顔を隠すように交差させる。しかし、目を閉じると余計に、下半身の違和感を強く感じてしまう。違和感というか、これは、快感だ。

「気持ち、良いか？」

先程と同じ事を、少し上擦った声で繰り返し問われて、リックは、ぶるっ、と腰を震わせた。

「わっ、わかんなっ、わかんないぃ……っ」

もうどれだけの時間こうされているか、わからない。尻穴の中では、ディビスの節くれだった長い指が、好き勝手蠢いている。ひとまとめにされてごりごりと肉壁を抉られたり、バラバラと動かされて穴を広げられたり、もう本当に、縦横無尽だ。好き勝手してっ、と怒りたいがそんな余裕は、はっきり言って全くなかった。

「任せろ」と言った言葉の通り、ディビスは、ただただ横たわるリックの腰を抱え上げ、尻穴を解してくれた。

尻の穴なんて何が良くてそんな所に挿れるのだ、と思っていたのだが、長い事弄られて責められ慣らされているうちに、リックはある事に気が付いた。いや、気が付かされた。

（なんで、こんなっ、気持ちいいんだよぉ……）

そう。尻穴を弄られる快感を知ってしまったのだ。

それでも、最初は違和感しかなかった。異物感というか、とにかく妙な感じだった。それが、徐々に徐々に、快楽へと変わっていったのだ。

まず、変な形の容器に入ったローションを、尻穴の縁、その皺の一本一本にまで染み込ませるようにじっくりと塗りたくられた。それはもう「いっそひと思いにぶっ掛けてくれ！」と叫びたくなるくらいに丁寧に。

それから、ゆっくりゆっくりと指を挿し込まれた。人差し指、中指、それに薬指……順番に、押し広げるように、ねっとりと。余った指で会陰を刺激され、陰嚢を揉まれ、そのうちに尻穴の中の「押

される と思わず背が仰け反るような箇所」を探り当てられ……、気が付けば、自力では腰を持ち上げられない程に蕩けまくっていた。

おかげさまで、ペニスもビンビンだ。もう、パンパンに張り詰めている。亀頭など、恥ずかしいくらい真っ赤になって、先走りはまるで涙のようにびちゃびちゃに溢れて、陰嚢どころか尻穴にまで流れている。

何よりもう、ただ本当に……。

「いっ、あ、……っ出したいぃっ」

交差した腕の隙間から見下ろしたリックの視線の先。ディビスの指によって根本を縛るように掴まれたペニスが、ぶらぶらと切なそうに揺れている。揺れるたびに先走りが迸り、滴となってリックの臍の辺りまで飛び散った。

何度も何度も絶頂直前まで高められては焦らされているそこは、結局、今夜まだ一度も精を放っていない。

「あたまっ、おっ、おかしく、なるっ、もう、もうっ、……っい、いかせてぇ」

懇願するリックの声は、もはや涙声だ。

慣らしているうちはイカない方がいい、というディビスの言葉に従い、寸止めされて、寸止めされて……もう、頭の中は「気持ちいい」と「出したい」に支配されきっている。自分が恥ずかしい事を喚(わめ)いている自覚もなく、リックは精一杯の力で腰を振りたくった。

「おねが、……ディビスさんっ、お願い……っ」

くぅん、と鼻を鳴らすように強請ってから、リックは投げ出されたままになっていた足を、力を込めて持ち上げた。そしてそのまま、ディビスの腰に巻き付けるように絡ませる。

「ねぇ……っ、ディビスさんっ」

腰に絡めた足の先、ふわりとした感触の何かが触れた。ディビスが、きゅっ、と眉根を寄せる。

「ん、……リックさん」

それは、ディビスの尻尾だった。

熊獣人らしく、ちょろりと短いそれは、リックのものとは比べものにならない大きさだが、ちゃんとディビスの腰の下辺りに生えている。

リックは交差していた腕をゆるゆると開いて、ディビスの顔をじっくりと見やった。リックが足先でくすぐるように尻尾を撫でると、ディビスの眉間にますます皺が寄っていく。

「っん、……しっぽ、……ディビスさんも、気持ちいいん、ですかっ？」

尻尾の付け根の辺りを触られると、何とも言えないぞわぞわした感覚が走る。リックはオナニーの時に、時折そこを擦って弄る事があった。獣人であれば、試してみた事がある者は多いだろう。

そう、尻尾の付け根は、気持ちが良い。

「ん、……んっ」

「っは、……こら、リックさん」

リックは足先で、更にディビスの尻尾に触れる。毛先を撫でるように下から上へ流し、親指で、こちょこちょと付け根をくすぐる。リックの脚が巻き付いたディビスの腰が、ゆる、ゆる、と前後に揺れた。

「まず、もっと、慣らさないと……、くっ」

ディビスの端正な顔が、快感故か、くしゃりと歪んでいる。艶めかしく上気して赤黒く染まった目元を見つめて、リックは自身の下腹部の奥……それこそ尻穴の奥の方が、きゅんっと疼くのを感じた。どきどき、と心臓が高鳴る。

「も、じゅうぶん、慣れて、……っます、てばっ」

もっと、気持ちの良い顔を見たい。自分で気持ち良くなって欲しい。

リックは最後に、足の親指と人差し指で揉み込むようにディビスの尻尾を撫でてから、ゆっくりと、自身の意思で腰を持ち上げた。

「……、挿れて、っ、くださいっ。そ、そして……んっ」

すり寄せようと、閉じようと必死だった太腿を開き、指を挿れられっぱなしの尻穴を見せつけるように。

「お、俺の中で、っ、ディビスさんも、……気持ち良く、なってほしい……」

一瞬、ディビスが固まる。切れ長の目を見開き、その黒い瞳を揺らし。

「……今のは、リックさんが悪いっ」

そして次の瞬間。そこに情欲の炎が灯った。

「………っあぁっ！」

にゅぽっ、と勢い良く指を引き抜かれたかと思った直後。まだ閉じ切らない尻穴に、焼けつくように熱い何かが押し当てられ、そして……リックの中に、ずるりと押し入ってきた。

リックは背を反らし、思わず腰を逃がそうとするが、その腰を、大きな手が鷲摑みにした。ディビスの手だ。逃すまいというような強い力で腰を摑み、ぐりぐりと、自身の下半身を押し付けてくる。

リックは、更に仰け反った。

「っひぁっ！　あっ、まっ、待って、あぁっ！」

意図している訳でもないのに、がくがくと腰が揺れる。後ろ手にシーツを摑み、つま先で宙を蹴る。が、それも、猛る大型獣人の前では、虚しい抵抗だ。激しい挿入の勢いからか、剛直を押し込まれる尻穴の縁から、ぶちゅっ、と中に流し込まれていたローションが漏れる。ぶちゅ、ぐちゅ、と湿った音を響かせ、ディビスがリックを割り開いていく。

「ぜっ、全部はっ、全部、はっ、むりぃっ、だか、らっ」

挿れて欲しいとは強請ったものの、大きなアレを全部飲み込むのは、やはり無理だ。リックは懸命にディビスの背を叩く。ディビスは「わかっているっ」と吼えるように呻くと、体を倒して、リックの髪や頬、その顔を両手で摑んだ。

「リックさんっ、……っ、リック、さっ」

「デ、ディビスさっ、あっ、あっ」

目の前に、ディビスの顔がある。額に浮かんだ汗も、欲望が滲んだ鋭い目も、荒い息を吐く口も、全部、全部がリックの視界の中だ。

「やばいな……、凄くっ、……気持ち良い」

快楽に歪むディビスの顔を見ていると、リックの胸が、体に与えられる快感とはまた違う、でも確実にゾワゾワと背筋を這いずるような「快感」に締め付けられる。

「ディ、ビスさ……んんっ」

下腹部が疼いて、穴の縁が、きゅうきゅうと甘く締まるのがわかった。リックは、ふぁっ、と息を吐きながらディビスにしがみ付く。

「つ、っあ——……。油断してると、っイク」

「お、俺も……っ、い、いっ、きた……っ」

気持ち良さを堪えるように、眉根を寄せて目を閉じるディビスに、リックも苦しげに目を細めた。

「まだ半分も、入ってないのに……、っくそ」

「……いっっ、えっ？」

衝撃的な事実に、リックの下半身が、びくびくっ、と震える。ついでに、ぎゅっ、と穴も締まり、ディビスが「うっ」と呻く。

「はっ、はっ、半分でいいっ、いいっ、十分だから……、んんっ、ねっ、……いっ、いきたい……、今日はもう、……ふぁっ、…イカせて……！」

ディビスの、しっとりとした肌に腕を巻き直し、リックはえぐえぐと半泣きで頼み込む。

これ以上の快楽は無理だ、受け入れられない。今でももうおかしくなりそうで、脳みそが焼き切れそうで仕方ないのに。

「いっしょに、……イッて……出して……っ」

肩口に額を擦り付け、首筋にちゅうちゅうと唇を当てて、リックは「お願い……お願いします……」と耳元に囁く。耳朶を舐めるように「ね？」と言ったその時、リックの背に、大きな腕が回った。

「わかった……、じゃあ少しだけ、動くぞ？」

「へ？」

まるでぬいぐるみを抱え込むように腕の中に包まれ、そして……。

「……ひ、うぅっ！」

ぐいっ、と腰を進められて、リックの目の前にちかちかと星が飛ぶ。見える景色が全部真っ白に染まりそうなくらいの衝撃だった。が、体を抱え込まれているため、逃げることも出来ない。

「……リックさんっ、リックさんっ！」

「ひっ、ひぅっ、……ひぐぅうっ」

二人の距離がなくなる程に体がくっついて、押し当てられて。ディビスの逞しい腹筋に、リックのペニスが擦り付く。

擦られて、もみくちゃにされて……、リックとディビスの間で、ぬるぬる、ずりずり、と散々に翻弄される真っ赤なその性器の先から、ぴしゃぴしゃっ、と精液とも何ともつかない、透明な液体が飛び散った。

「ひぅうっ！　うっ！　あっ！　いってぅ、いってるからぁっ！」

リックは必死でディビスに訴える。もう出したから止まってくれ、と言ったつもりだった。が、ディビスも絶頂が近いらしく、「わかった、ちゃんと、見えてる……っ」と、言うばかりで腰を止めてくれない。むしろ、一層激しく突いてくる。もう、全部入っているのではないかと問いたい程の圧迫感だ。

「いってるっ！　いって、いっ、……っいってるの、にぃいっ……っぁあっ」

涙で滲む視界で、リックのペニスがまたも、ぴゅっ、ぴゅるっ、と液体を放つ。

もう、イッているのかイッてないのか、自分が何を放っているのか、リックにはそれすらわからなくなる。

「リックさ、んっ、……俺も、っイク！」

体の奥に、温（ぬる）い何かを感じた気がした。が、その時にはもうリックは力尽きていて。

ディビスの背に回した腕が落ちるか落ちないか、というところで、リックは、ふっ……、と目を閉じて思考を放棄した。

二十一

目が覚めると、なんだかもこもこした物に囲まれていた。

薄く目を開いて、顔の周りを確認してみる。右を向けばリスのぬいぐるみ、左を向けば昨日遊園地で買ったキャラクターのぬいぐるみがリックを守るように、ぬん、と背を丸めて座っていた。

「な、何だ……？」

まるで何かの儀式のようにみっちりと囲まれている。訳のわからないままに、体を起こそうとして、リックは思い切り顔をしかめてしまった。

「うぅっ？」

痛みを紛らわすために、手近にあったリスのぬいぐるみを掴んで強く抱き締める。「ぬぉお」と呻きながら、額の冷や汗を拭った。

そして蘇るのは、昨夜の記憶。

（あー、そっか……俺、ディビスさんと）

心の中で独りごちて、ボッ、と顔を赤くする。体（特に腰の辺り）が痛くて重いのは、多分……、というか絶対にそのせいだ。

リックは自分のあられもない姿や掠れた声、そしてディビスの顔や息遣い、囁かれた言葉を思い出して、「うっ」と額を押さえる。

と、その時。真っ赤に染まったリックの耳に、ガチャ、と扉の開く音が届いた。

「起きたか？」

「ひぇっ」

悶々と記憶をほじくり返していたリックは、びくっ、と体を跳ねさせた。扉が開くと同時に部屋に入ってきたのは、まさに今、想像の中で自分を抱き締めていたディビスだったからだ。

「デ、ディビスさん」

若干声を震わせつつも、リックは、恋人に向かって弱々しい笑顔を見せた。ディビスはそれに対し、ふ、と微かに表情を和ませ、ずかずかとベッドの方に近付いてくる。

そして、その勢いのままリックの前髪を持ち上げると、露わになった額に、大きな手のひらを押し当ててきた。

「具合は？　気分は悪くないか？　体の調子は？」

「えっ、おっ、だっ、大丈夫……です？」

どどどっ、と続け様に問われて、リックは目を白黒させながらも、こくこくと頷いた。

ディビスは持っていた盆を脇に置いて、ベッドに腰掛ける。確かめるように何度もリックの頭を撫でて、短く息を吐いた。

「……悪かった」

「え？　え？」

息もつかせぬ怒涛の展開についていけず、リックは頭の上に疑問符を飛ばす。

微笑んだと思ったら真顔になって、今度は苦しそうに謝るディビス。一体どうしたというのだろうか、と首を傾げるリックに構わず、ディビスは大きな手の中に額を埋めながら、更に長く溜め息を吐いた。

「昨夜は……、その、やりすぎた」

「や、やり……？　あ……」

何の事かと言いかけて、ハッと自分の腰痛や重い体の事を思い出す。やりすぎたとはつまり、その、ヤりすぎたという事で間違いないだろう。

「あっ、いや、いえいえ、その……」

何とも答える事が出来ず、ごにゃごにゃと誤魔化すリックに、ディビスが相変わらずの豪速球を投げつけてくる。

「リックさんの肌や乳首や尻を見ていたら、何というか、なけなしの理性が擦り切れてしまって」

「うっ」

リックは、ぼぼぼぼっと尻尾を膨らませたまま、固まらざるを得なくなってしまった。

「リックさんが初めてだとわかっていながら、悪かっ……」

「いや、もう、本当に、もう、大丈夫なんで、はい、ねっ」

明け透けすぎる言葉に顔を赤くしたり青くしたりしてから、リックは、片手を上げてどうにか話を遮った。

これ以上聞かされても、リックが恥ずかしいだけだ。どうしてディビスは恥ずかしげもなくそんな事を語れるのだろうか。リックは「もー、もー」とまるで牛の鳴き声のような抗議を繰り返して、リスの人形に顔を埋めた。

「もう、いいですから」

「だが……」

「あのですね……。はぁ……。その、か、体とか綺麗にしてくれたの、ディビスさんなんですよね……？」

当然ながら、セックスの最中は裸だったのに、今はちゃんとパジャマを着ている。熊のワッペンが付いたやつだ。それは確か、ディビスが「可愛い。似合ってる」と言っていた代物で。まず間違いなく、彼が着せてくれたのだろう。

それに、ローションなどでベタベタしていた下半身もすっきり綺麗になっている。これもまた、多分ディビスが、気を失うように眠ってしまったリックの体を拭き上げてくれたに違いない。

「あぁ、そうだ」

「あと、人形とかも置いていってくれたんでしょう？」

リックはちらりと顔を上げて、「これとか……」と言って、すっかり腕に馴染んだリスの人形を差し出す。

「俺がいない間にリックさんが起きて、寂しい思いをさせたら嫌だと思って」

ディビスは相変わらず、至極真面目な顔をしている。冗談ではなく、きっと、本気でそう思っているのだろう。

寝ているリックの周りに人形を並べていくディビスの姿を思い浮かべて、リックは口元を歪ませた。

浮かんだのは、笑顔だ。

「ディビスさんが、その……十分優しいのは知ってますから。あれが、俺を傷付けるためにした事じゃないって……」

ディビスが、ふぃ、と顔を上げる。少し揺れた黒目が、戸惑いがちにリックを捉えた。

「それに、お、俺だって、ぜ、絶っ対……えっち……な事したくない……っ、って訳じゃ……なかったですし」

「リックさん……」

こんな赤裸々な話を、昨夜抱き合った相手とするなんて。冬眠前、いや、昨日までのリックには想像も出来なかった。

でも、言いたい事や伝えたい事は、真っ直ぐに相手に放り投げるべきなのだと、少しだけ、そう思うようになった。

それは多分、目の前にいるこの熊獣人のおかげだ。

「あっ、いや、でも、かなり驚いたし、その……は、恥ずかしかったのは本当ですからね！」

「それは……、本当にすまなかった」

しかし、まだまだストレートを放るには、リックには練習も度胸も足りない。ふわっと放物線を描く、へろへろひょろひょろの球で精一杯だ。

「つ、つ、つ……」

「つ？」

「つ、つ、次する時は、今度こそ、……本当にちゃんと、……ゆ、ゆっくりしましょうね」

「次があるのか？」

少しだけ目を見張ったディビスが、ずい、と体を乗り出すようにリックへと身を寄せてくる。

リックは、ディビスとの間にリスの人形をサッと挟み込み、距離を置いた。

「次も、していいのか？」

「そりゃあ、その……」

ディビスはそんなリスごと抱き込むように、リックの体をふわりと包み込む。リックはもごもごと口ごもった後、顔を真っ赤にしながら頷いた。

「だって俺達……、こ、恋人でしょう？」

リックとディビスの間で、リスが、むぎゅっと潰された。もし彼が言葉を話せたら、「苦しい！」くらいは言っていたかもしれない。それくらいに、彼はぎゅうぎゅうに抱き潰されていた。

「好きだ、リックさん。好きだ」

「ちょっ、く、くるし……、ディ、ビスさん」

がっしりとした腕を数回タップすると、ディビスが最後のとどめのように、ぎゅううっと強く抱き締めてから、ようやく手を離してくれた。心持ちほっそりしてしまったリスの人形が、二人の間からコロリと転げ落ちる。

はぁふぅ、と息を吐くリックの目に、ふと、ディビスが抱えてきた盆の中身が映った。

「………あ」

それって……と、指差すリックに、ディビスが「ああ」と頷いて、盆を持ち上げて見せた。

「食べるなら、今日が良いと思って」

銀の盆に載った「それ」は、木の実の入った小さな箱だった。リックがこの家を初めて訪れた時に持ってきた、あの木の実だ。

リックの頬が、じわじわと熱くなる。先程のやり取りの時とは違う、ほんのりと暖まるようなじわじわだ。つまり、恥ずかしいのではなく、嬉しい。

「……はい」

「特別な木の実」とディビスが言ってくれた木の実。値段ではなく、リックの気持ちが嬉しいのだと、ディビスが受け取って、大事に仕舞ってくれていた木の実。

春が来たら、食べようと言っていた木の実だ。

(……でもまさか、恋人として食べる事になるとは思わなかったけど)

リックは含み笑うように、ふふ、と口の中で笑いを噛み殺し、ディビスが箱から取り出し差し出してくれた木の実を受け取った。

たった一冬で、思いもよらない事が起きた。

家が焼けて、一生知り合う事なんてないと思っていた大型獣人と冬を越す事になって、何の因果か偶然か必然か運命か、その彼と恋人になって……。

「……美味い。リックさんの持ってきてくれた木の実は、美味いし可愛い」

木の実を口に放り込んだディビスが、驚いたように目を瞬かせる。リックはその顔を見て、「ぷっ」と吹き出した。

「いや、さすがに可愛いは意味がわかりませんから」

弾けるように笑ったリックの顔を見て、ディビスも嬉しそうに笑う。

リックも、カリリと木の実を齧った。確かにその木の実は、とても、とても美味しかった。

(やっぱり、可愛い、はわからないけど)

リックは、胸の内から溢れ出る幸せを味わうように、ゆっくりゆっくりと木の実を噛み締めた。

*

に問いかける。

「これで全部か？」

様々な商品が「これでもかっ」とこんもり積まれた大きなカートを押しながら、ディビスがリック

リックはずり下がって来た毛糸の帽子を持ち上げながら、長い長いメモ紙を一番上から読み上げた。

「えーっと、木の実と干し肉に、ドライフルーツ、魚とチーズに日持ちする野菜、香辛料に塩と砂糖とお菓子も……他は前回の買い出しで買ってるし……うん、食料品はオッケーです。あ、トイレットペーパー……も入れましたね。後は、えっと……」

短い秋が過ぎ去り、もうすぐ冬が来るだろうと予感させる冷たい風が吹き始めた季節。リックとディビスは、大型スーパーのマーケットに出向いていた。

店は冬眠を控えた獣人達で、わいわいと賑わっている。

「……でも、本当にいいんですか？　今年の冬眠も、お世話になって……」

リックは確認するように、隣に並ぶディビスを見上げた。

厚手のコートを羽織り、更に分厚さと迫力の増したディビスが、首を傾げる。

「何故だ？」

「……その、去年は家がなかったからお邪魔してましたけど、今年は家もありますし」

そう、旧リックの家が火事になってから、季節は順調に巡り巡って、また今年も冬眠の時期がやっ

てきた。

恋人として、これまた順調に交際を続けていたリックとディビスは、現在、来たる冬眠に向けて、お互いに必要な物を買い込んでいたのだ。

「一応、一人でだって冬眠できるのに、申し訳ないなぁ、と……」

リックは、気恥ずかし気にぶんぶんと尻尾を振りながら、俯きがちに鼻をすすった。

「もちろん、良いに決まっている」

そんなリックの恥ずかしさなど吹き飛ばすように、すっぱりきっぱりと、ディビスが言い切った。

「最愛の恋人と過ごす冬眠に勝る冬眠はない」

「さい……」

「リックさんがアパートで過ごすというなら、俺がそちらに行こう」

相変わらず、口数が少ない割に愛の言葉を惜しまないディビスに言い切られ、リックはたじたじと口を閉じた。

口ごもるリックを尻目に、ディビスは「いや、それもいいな」なんて、とんでもない事まで言い出した。

「あの部屋で、くっついて過ごすのも悪くない」

心持ち語尾を弾ませながら、ディビスが呟く。無表情で感情の起伏に乏しそうなこの熊獣人が、実はそうでもないという事に気が付いたのは、付き合ってしばらくしてからだ。

リックは、わかりづらいディビスの「うきうき」を横目で眺めてから、はぁと溜め息を吐いた。

「ディビスさんは、部屋が狭くても広くてもくっついてくるでしょう」

「……あぁ、それもそうだな」

ふっ、と吹き出すディビスを見て、リックも、ふっ、とつられて笑う。二人は「ふっ、ふっ」と笑いながら、どちらからともなく手を繋いだ。

「………あっ」

ふと、リックが足を止めた。繋いだ腕が、ぴんっとしなって、ディビスも足を止める。

人混みの中立ち止まる二人を、皆、気にした様子もなく避けていく。

「どうした？」

首を傾げるディビスの手を引いて、リックは繋いでいるのとは反対の手で、売り場の一角を指差した。

「あの、俺……、あれが買いたいです」

「あれ？」

そちらに視線を向けたディビスの目に飛び込んできたのは……大きな、とても大きな熊のぬいぐるみだった。大きな体に大きな手足を持ったそのぬいぐるみは、つぶらな瞳でリック達を見つめている。

「……あれ？」

しばしの沈黙の後、確かめるように囁いて首を捻ったディビスに、リックはこくこくと何度も頷いてみせた。

「あれです」

「……まさか、アレに抱きついて寝るつもりか？」

むっつりと、どことなく不満そうに眉を顰めるディビスに、リックは満面の笑みを向けた。

「いや……あの子にも、そろそろ恋人がいるかなって」

「あの子？」

「あの、リスの……、あの子です」

首を捻りかけたディビスの脳裏に、リックによく似た可愛らしいリスの人形が浮かぶ。

リスの人形の恋人として、大きな熊の人形。それはつまり……。

「あの子にも、その、恋人がいたらいいなぁって」

「それは……」

「俺の恋人みたいな、素敵な、……熊の恋人」

リックは少し早口にそう言い切ると、照れたようにはにかんで、マフラーに顔を埋めた。

マフラーと帽子の隙間から見える頬と耳朶が、真っ赤に染まっている。

ディビスは、たまらずその帽子をずり上げると、現れた可愛らしい額に、掠めるようなキスを落とした。可愛い恋人の、可愛い提案に、「賛成だ」と知らせる代わりに。

街はしんしんと冷え込んでいく。冬眠する者、しない者、皆の上に平等に冬が訪れる。

リックとディビスに限っていえば、蕩けるように優しくて暖かい冬が、もうすぐそこまでやってきていた。

初デートは遊園地で

告白劇から一夜明け。リックとディビスは約束通り、遊園地に来た。

まだ朝日が昇り立ての頃にディビスに起こされ、リックが寝ている間に焼いたという厚切りパンのトーストを食べさせてもらい「今日は天気が良いから、これとこれが良いと思う」と着ていく服装のコーディネートまでしてもらって。

「開園時間前には並んでおくのが常識らしい」と、どこで仕入れたのか、謎の知識まで披露されて。背中を押されるような形で、遊園地の入場ゲート前に辿り着いた。


「な、なんか緊張しますね」

「そうだな」

リックがチケットを用意した、ディビス宅から一番近い（とはいえ、電車を乗り継いで三十分はかかる）遊園地は、遊園地というより、テーマパークと呼んだ方が相応しい規模の施設だった。

ちなみに、ゲート前にはすでに結構な人だかりができており、皆開園を心待ちにしているようだった。ディビスの言った事は、どうやら本当だったらしい。

（朝から混雑するとか、昨日の今日で調べててくれたのかな。なんか、嬉しいなぁ）

リックは隣に並ぶディビスを見上げ、汗が滲んだ両手のひらを擦り合わせた。

と、その時。リンゴーンと、開園を知らせるベルが鳴り、盛大な音楽が流れ出した。ドッといっせいに動き始めた人波に押されるようにつんのめったリックの腕を、ディビスが取る。

「っとっと。ありがとうございます」

「ん。大丈夫か？」

ぺこ、頭を下げてから腕を引こうとするも、何故かディビスの手が離れない。

「あの……、わ」

腕を摑（つか）んでいた手がするりと自然に下に向かい、リックの手を包み込んだ。

「行こう」

くい、と優しく手を引かれ、リックは「あ、う」と言葉にならない音を漏らしてから「はい」と小さく頷（うなず）いた。大人と子供程も大きさの違う手を握（にぎ）り締（し）め合いながら、リックとディビスは、並んでゲートへと向かう。

「……あっ、何かいる」

チケットを窓口で渡して入場すると、いきなり着ぐるみのキャラクター達に出迎えられた。

「あっ、えー……、何でしたっけ、あれ、あの人達がいますよ」

キャラクターの顔は見た事があるのに名前が出てこず、リックは必死でディビスの服の裾（すそ）を摑んで引っ張る。

「あぁ、ここのキャラクター達だな」

ディビスは頷くと、パンフレットを開いてリックに見せてきた。リックはそれを覗き込んでから
「あ、そうそう、この人達」と指差す。

「人、でいいのか？」

「人……。うーん、主人公みたいなキャラクターは本物の兎モチーフみたいだから、人じゃない……

ですよね。でも、中に入っているのは人だしなぁ……」

「リックさん、意外と現実的なんだな」

ぶつぶつと呟くリックの横で、ディビスが楽しそうに笑っている。

「中とか外とか関係なく、あのキャラクターはあのキャラクター、それじゃダメなのか？」

「た、確かに……」

言われてみればそうだ。それにその方が、よっぽど純粋にこの世界を楽しめそうな気がする。

「じゃあ、チャッピーくん……とか」

兎耳を揺らして手を振っているキャラクターの名前を呼んでみる。なんだかとてもしっくりきて、
リックは「チャッピーくん」と何度か口の中で繰り返して、それ以外のキャラクターもパンフレット
で確認して名前を呼んでみる。

「ルールゥちゃんに、ファギーくん、あ……！　熊がモチーフのキャラクターもいますよ！　カッツ
くん！」

パンフレットの端の方に描かれたキャラクターをディビスに差し出してみせると、キャラクター達を見ていると思っていたディビスは優しい顔をして、リックを見下ろしていた。一人で盛り上がっていた事が恥ずかしくて、思わず「あ……」と口ごもると、ディビスが「じゃあ、会いに行こう」と誘ってくれた。

「あ、え、……はい！」

「よし」

リックの返事を聞いて、ディビスが歩き出す。リックの手を優しく取って、しっかりと繋いでから。

そして二人は手に手を取り合って、広い園内に足を踏み入れた。

それから、二人でたくさん歩き回った。ついでに、園内の色々なところにある屋台で食べ物を買い、食べ歩きも楽しむ。ポップコーンにフランクフルト、キャラクターを象ったウエハースが刺さったソフトクリーム。途中、キャラクターグッズを売っているショップに寄って、帽子型のキャラクターなりきりグッズ（天辺に「チャッピー」をイメージした兎耳が付いている）まで買って装着してみた。お互い兎耳になって姿を見て、その違和感を笑い合ったり、「似合う似合う」と冗談まじりに褒め合ったり。

乗り物にもたくさん乗った。ファンシーな見た目の割にスピード感が凄いジェットコースター、座席に座ったままキャラクターの世界を旅する映像系アトラクション、チャッピーの姿をしたゾンビが出てくる恐ろしいお化け屋敷。そして……。

「……凄い、きらきらしてる」

散々遊びまわって、夕暮れ時。薄暗くなり始めた園内で一際きらきらと輝くソレを眺めながら、リックはぽつんと呟いた。

「メリーゴーラウンド。想像していたとおりだったか？」

リックの後ろに立ったディビスが、ひたすらメリーゴーラウンドを見つめるリックの邪魔をしないように、静かな声で問いかけてきた。リックは前を向いたまま「はい」と頷く。しかしすぐに首を振った。

「あ、いや、想像より……ずっと綺麗（きれい）です」

まるで絵本の中から飛び出してきたように豪華な馬や馬車が、丸い円状の舞台の上に行儀良く並んでいる。やはり所々にチャッピーはじめキャラクター達が描かれているが、それもまた、メリーゴーラウンドを華やかに見せていた。

「きらきらで、楽しそうで、……なんだか、俺なんかが乗っちゃいけないような……」

ずっと夢見ていた世界が、目の前に広がっている。触れてしまえば、なんだか夢の世界が壊れてしまいそうな気がして、リックは気後れするように後退り（あとずさ）した。

「じゃあ、一緒に乗ろう」

「え？」

「いや、一緒に乗ってくれないか？」

「ディビスさ……」

「リックさん。俺が一人でこれに乗っている姿を想像してみてくれ」

リックの肩に、ディビスの大きな手が乗る。それを見下ろしてから、そのまま首を巡（めぐ）らせて、ディビスを見上げた。そこにはいつも通り厳つい無表情のイケメン熊獣人の顔があって、さらにその頭には兎耳付きの帽子が乗っかっている。

そんなディビスが、きらきらのメリーゴーラウンドに乗ったら……。

「ぶっ」

思わず吹き出してしまって、リックは慌てて口を押さえた。

「だろう？　多分俺は、にこりとも笑えないぞ」

「うくっ、いや……そのっ、ははは」

さらに真顔で畳みかけられて、リックは我慢できずに思い切り笑ってしまった。腹を押さえ、体を折り曲げて笑う。

「あはっ、ディビスさん、それは、ズルいですって」

けたけたと一頻り笑ってから、リックは「はぁー」という笑いの余韻を残したため息を吐く。そして左右の目尻を拭って、ディビスの手を取った。初めて自分の方から、ディビスと手を繋いだ。

「……一緒に乗ってください」

「お願いしたのは、こっちの方だ」

微妙な違いを指摘されて、リックはもう一度微笑みを浮かべる。そして、ディビスの手を握り直した。

「じゃあ……一緒に乗りましょう」

軽く引っ張れば、「よろしく頼む」と頷かれた。


そして二人は、メリーゴーラウンドに乗った。夕焼けの中、ゆったりとした音楽に合わせて、くるくると回る馬車に並んで座って。

馬に跨る子供、メリーゴーラウンドの外から手を振る父親、馬車の中ではしゃぐ若者、誰も彼もが笑顔だった。

「きらきらですね」

「ん？」

「みんな、笑顔がきらきら……」

きらきらしているのはメリーゴーラウンドそのものだけではなくて、それに乗っている人達の笑顔もそうなのだと。リックは、メリーゴーラウンドに乗って、初めて知った。

赤い夕陽に照らされたディビスが「そうだな」と頷く。

「リックさんも、いい笑顔だ」

頬に手の甲をソッと当てられて、リックは目を見張る。まさか自分も笑顔になっていたとは、気が付かなかった。

「え、え、無意識でした」

「……そうか」

リックの言葉を聞いて、ディビスが目尻を下げる。

(あ……。ディビスさん、も)

一際きらきらと輝く笑顔を見て、リックの胸がキュッと切ない音を立てる。

笑顔が見られて嬉しい、とリックは思った。自分の行きたい所に付き合わせているだけのような気がしていたが、ディビスも本当に楽しんでくれているのだと、確かに伝わってくる。

(この人と、恋人になれて良かった)

そんな気持ちが、じわじわと胸の奥から湧いてきた。

ディビスと付き合えて良かった。遊園地に来られて良かった。色々な乗り物に乗れて、色々な物を食べて飲んで、はしゃげて、本当に良かった。

「……楽しかったなぁ」

ぽつん、と胸のうちが零れた。言ってしまった後に、あまりに脈絡のない言葉だった事に気が付いて後悔する。が、ディビスは「そうだな」と至極真面目な顔で返してくれた。

「だが、まだ過去形にしないでくれ。この後はパレードがある」

「へ？」

「土産も、もっと買わないと。そうだ、夕飯もここで食べて行こう」

メリーゴーラウンドの回転が、じわじわとゆっくりになっていき、やがて止まった。『完全に止まるまで、今しばらくお待ちください』というアナウンスを聞きながら、リックは差し出された手を、ぽかんと見つめた。

「まだまだ楽しむぞ」

目の前には、ディビスの大きな手と満面の笑み。夕陽を背負って微笑む恋人を前に、リックは破顔した。

「……はいっ」

二人のデートは、まだ終わらない。今日が終わっても、次も次もそのまた次も、きっと楽しいデートが待っているだろう。

「楽しみましょう！」

気合を入れて、ディビスの手を掴む。握り締めたその手は、とても暖かかった。


その後二人は、パレードを楽しんだのはもちろん、お土産もたんまりと買って（チケット代を出して貰ったから、と、そのほとんどの代金をディビスが払ってくれた）、夕飯も併設のレストランで食べて、大満足で遊園地を後にする事になった。

まさかその夜に、初デートの後の初エッチが待っているとも知らず、そう多くはない体力を使い果たす勢いで遊園地を楽しんだリックであった。

ディビスのおみやげ

ピンポーン、という軽やかな音を聞いて玄関先に向かう。

リックが玄関に顔を出すと、ちょうど家主であるディビスが靴を脱いでいるところだった。

「ディビスさん、おかえりなさい」

リックが尻尾を揺らしながらそう言うと、ディビスは、それは嬉しそうに頬を緩めながら、「ただいま、リックさん」と答えた。

「疲れたでしょう。仮眠されます？」

消防官のディビスは、二十四時間勤務した次の日に一日非番、そしてまた勤務、非番、週に一日程度週休……を繰り返す生活をしている。という訳で、仕事帰りは大抵朝なのだが、残業やら何やらで、昼近くなる事も多い。

今日は残業の多い日だったらしい。時刻はもう正午近い。

「いや、大丈夫だ」

ディビスはあっさりそう答えると、夏用スリッパに足を通して、のっそりと家の中に入ってくる。

「じゃあお昼にしましょうか。今日は冷製パスタですよ。冷たいレモネードも作りましたから」

季節は春を通り越し、初夏近く。窓の外では、太陽がキラキラと日射しを地上に届けてくれている。

空調の効いた家の中だから平気だが、一歩外に出れば、汗がじわじわと滲むだろう。もうすぐ、二人が恋人になって初めての夏が来る。

「じゃあこれはデザートに」

「へ？」

先立ってリビングに向かおうとしたリックは、ディビスの言葉に振り返る。ディビスの手には、仕事の荷物とは別に、長方形の箱が入った袋が提げられていた。

「あぁ～、もう。また買ってきましたね」

「また、じゃない。アイスは初めてだ」

屁理屈のような事を言うディビスに、リックは頬を膨らませる。

「……もう、手土産はいらないですよ、って言ってるじゃないですか」

「今日は暑いから、冷たい物が食べたくなっただけだ」

すました顔で答えるディビスに、リックは「むむむ」と尻尾と耳を立て、肩をいからせる。何と言ったところで、ディビスには敵わないだろう。それ以上言い返す事はせず、くるりと体の向きを変えて、のっしのっしと廊下を進んだ。

「……たくさん食べても毛は生えないって何度も言ってるのに」

ちらりと振り返りながらぼそりと呟けば、ディビスの耳がピクッと跳ねたのが見えた。やはりか、と今度は内心で呟きながら、リックは冬の頃に比べて軽くなった尻尾をそよそよと揺らす。

そう。ディビスが土産魔になってしまった原因は、この尻尾……もとい尻尾の毛にある。

獣人には、種によって「換毛期」がある。暖かくなる時期と寒くなる時期、夏冬をそれぞれ乗り越えるために、毛が生え変わるのだ。とはいっても全身の毛がどうこうという訳ではない。獣の名残りである尻尾と耳、影響があるのはここの毛だけだ。

リックも、多分に漏れず換毛期がある。暑さ寒さを凌ぐため、主に尻尾の毛が夏毛、冬毛に生え変わるのだ。季節ごとに訪れる当たり前の習慣だったので気にしていなかったが、どうもディビスは違ったらしい。

『リックさんの毛が、ふわふわの尻尾が……』

と、事あるごとに漏らしては、こっそりと溜め息を吐いていた。

付き合い始めてからというもの、近所であるのをいい事に、互いの家を行ったり来たりしているのだが、リックの家でごみ袋いっぱいの毛の塊を見た時のディビスの慌てようといったらなかった。

どうも、ディビス自身は尻尾も耳も短いし小さいので、毛の生え変わりをそんなに意識した事がなかったらしい。逆に、リックは毛がふさふさしているので、抜け毛の量も多いし、抜けた後、次が生えてくるまでの見た目の差も激しい。多量に抜ける毛や、しょぼしょぼになってしまった尻尾を見て、ディビスはやたらと動揺していた。

リックが櫛で梳くたびにごっそり抜ける毛を見ては落ち込み、風呂に入って水を吸い、更にみすぼらしくなった尻尾を眺めてはしょんぼりして。ディビスがそんなに自分の尻尾に興味があると思っていなかったリックとしては、「そ、そんなにですか？」と首を捻るしかなかった。

とはいえ、ディビスとて獣人であるので、それはそれでしょうがないものとして受け入れていた。

「夏を越すために必要な事ですから」とリックが言えば「その通りだな」としっかり頷いていた。

そう、そのままいけばきちんと夏毛に生え変わって、万事解決の筈だったのだ。だが……。

（俺がうっかりしていたばっかりに……）

リックは、「はぁ」と溜め息を吐いてちらりと自分の尻尾を振り返る。

リックの尻尾は、換毛期らしくボリュームがなく、全体的にすかすかしている。ただ、それだけでなく、尻尾の先っぽ辺りの毛がやたらと少ない。というより、平たく言うと一部だけ毛がない。ただでさえ抜け毛で歪な形になっている尻尾が、もう、そこだけぽっかりと欠けている。

（あぁぁ、もう、コロコロのせい……いや、俺のせいで……）

リックは、ぐぬぬと歯を食いしばった後、のっそりと後ろをついてくるディビスを意識しながら、リビングへ続く扉を開いた。

「コロコロ」とは、ご存じ、お掃除用粘着性のテープの事だ。換毛期の獣人に必須の武器。抜け毛の落ちた絨毯やフローリングにそれをかけると、驚く程毛を吸着して集めてくれるのだが……。リックはそれを自分の尻尾に直接当ててしまった。決してわざとではない。この時期で毎日多用していたコロコロを、カバーをしないまま、ソファの上に置いていたのに気が付かなかったのだ。で、そのまま座って、コロコロがくっついて、離そうとして、めちゃくちゃ毛が抜けた。

そして、その毛が抜けまくった尻尾を見て、普段感情を面（おもて）に出さないディビスが珍しく叫んだ。

「何だそれは！」と。叫ぶだけにとどまらず、真っ青になってリックを抱え病院に連れていこうとした。いやもちろん、事情を説明して、それだけは勘弁して貰（もら）ったが……。

それからだ。それからというもの、ディビスはやたらとリックに物を食べさせられるようになってしまった。まるで「食べれば食べた分、早く毛が生えてくる」とばかりに。

今日のアイスはもちろん、リックと会う時は必ず手に食べ物を携えてくる。ケーキ、シュークリーム、焼き菓子といった甘味から、やれ肉だ魚だ海藻だ、と、むぎゅっとばかりにリックに押し付けてくるのだ。

ありがたいはありがたいのだが、何というか、そんなに食べられない。ディビス基準で買い込んでくるから尚更（なおさら）だ。大型獣人であるディビスと、小型獣人のリックでは、食べる量も違いすぎる。

最近は「もう、お土産は買ってこなくていいですからね」と言っているのだが、今日のように理由を付けてはしれっと買ってくる。

パスタを茹でるための湯を沸かしながら、リックはちらりとディビスを見やる。いそいそと冷凍庫にアイスを仕舞う熊獣人は、鼻歌を歌い出しそうな程に上機嫌の様子だ。

思わずつられて笑いそうになり、リックはキュッと口を引き結んだ。


食後、大きなソファに腰掛けるディビスに寄りかかるように座って、リックは渡されたバニラアイスを食べる。牛にまでこだわったミルクを使ったというそのアイスは、確かにとても美味しい。口の中に広がった、蕩けるような甘さと冷たさに、リックはふにゃふにゃと顔を緩める。

(まぁ。なんだかんだ言いながら食べてる俺も俺なんだけど……)

はむ、はむ、と勢いよくアイスを食みながら、リックはディビスの手元を見やる。

ディビスはチョコレート味のアイスを黙々と食べていた。ディビスの大きな手に対して、アイスのカップは小さくて、なんだか絶妙に可愛く見えてしまう。多分、他の大型獣人がアイスを食べていたところで、そんな事を思いはしない。そういうふうに見えるのは、恋人としての欲目でしかないのだろう。しかし、可愛いものは可愛い。

「……ディビスさんって、可愛いですよね」

数口でアイスを食べきってしまったディビスが、空の容器を小さく潰しながら、リックを見やる。

「可愛いのはリックさんだろう?」

何を言っているんだ、と言わんばかりの声に、リックは笑ってしまう。

「もう一個食べるか？」

笑うリックを見て頬を緩めながら、ディビスが問うてくる。リックはゆるゆると首を振った。

「もう、これで十分です。お腹いっぱい」

「もっと食べて欲しい」

「ディビスさん、食べたらどうですか？」

「……食べよう」

人に勧めながら、自分も食べたかったらしい。ディビスはのっそり立ち上がってキッチンへ向かうと、今度はストロベリー味のアイスを手に持って戻ってきた。

「ふふふ」

カップの蓋を外して小さな（体格と比較して）アイスをちまちまと美味しそうに食べ出したディビスを見て、やはりリックは笑ってしまう。

「やっぱり、ディビスさんは可愛いです」

出会った頃は、かけらもそんな印象を抱く事なんてなかったのに、不思議なものだ。どう見ても厳つい熊獣人が、可愛くて仕方ない。

ふへへ、と含み笑いを噛み殺して、自分もアイスをすくって口に入れる。手のひらの熱でじわりと緩んだアイスは、あっという間に口の中で溶けて消えてなくなった。

「んん、美味しい」

「そうか……」

目を瞬(またた)かせたディビスが、うろ、と視線を彷徨(さまよ)わせた後、手のひらのカップをじっと見つめた。

「……正直に言うと」

「え？」

ぼそっ、と呟かれた声がいまいちよく聞こえず、ディビスの体に身を寄せて、聞き返す。

「尻尾の毛が生えて欲しいのもそうなんだが……」

「ん？　うん……はい」

「美味しいものを食べた時のリックさんの顔が、それはもう、可愛くて」

「へ？」

予想もしなかった言葉に、リックは思わず、横に座るディビスの顔を覗(のぞ)き込んだ。

「その顔が見たくて、最近、いつも美味しい物を探してしまう。それを食べた時のリックさんを考えるだけで……」

それだけで楽しいんだ、と続けて、ディビスは照れ臭そうに口端を持ち上げた。途端に、冷たくすら見える端正な顔が優しく綻んで、リックの胸が、きゅう、と締め付けられる。

つまり、ディビスは尻尾の件にかこつけて土産を買い、それを食べるリックの顔を密かに楽しんでいたという事、だろうか。

「……ふ、へ」

なんだか情けない笑い声が漏れてしまって、リックは口を押さえようとした。すると必然的に、手に持っていたアイスが傾いてしまう。

慌てて持ち直そうとするが、指先に、白く甘いそれが少し零れてしまった。

「あっ、すみませ……わっ」

ソファに垂らさないようにと焦るリックの手を、ディビスが摑む。

「……ひゃ」

熱い舌が、冷たい液体を、指先から舐め取っていく。少なくなった尻尾の毛が逆立ち、僅かばかり膨れる。リックの、小さく丸っこい耳がピピッと跳ねるのを見て、ディビスが「ふっ」と吹き出した。

「……やっぱり、可愛いのはリックさんだ」

自信ありげに断言するディビスに、リックは口を尖らせる。そして、尻もちを突くように座り込んでいた姿勢を正し、摑まれた手を起点に、体を起こす。そのまま、前屈みにディビスの顔に顔を突き合わせる。

「ん」

口を「む」の形にしたまま、ディビスのそこに押し付けるようにキスをする。少しひやりとしたそこは、ストロベリーの甘い香りがした。

「……んーっ」

しばしそのまま押し付けて、ぱっ、と息継ぎをするように口を離す。

「ほら、ディビスさんも可愛い」

リックは、切れ長の目を見開くディビスの目元を目線で指しながら、顎を引いて笑って見せる。ちょっとした意趣返しのつもりだったが、予想以上に効力があったらしい。ディビスは何とも言えない微妙な顔をして天を仰ぐと、「はぁ」と大きな溜め息を吐いた。

「じゃあ、勝負しよう」

「へ？　あっ」

首を捻るのと同時に、手元からアイスのカップが消えた。ディビスの手に渡ったそれは、まるで酒でも呷(あお)るかのように、彼によって飲み干された。

「あっ」

続け様、自分のアイスもあっという間に片手で平らげたディビスは、そのままの勢いで、リックをソファに転がす。

「あっ、あっ」

何も止めることが出来ないまま、仰向けになったリックの視界いっぱいにディビスの満面の笑みが映る。

「……あ」

「どっちが可愛いか、勝負だ、リックさん」

勝負ってどんな勝負ですか、や、ちょっと待ってください、という言葉は、あっという間にディビスの口の中に吸い込まれていく。

ひんやり甘くて仄かに冷たい、けれど、やっぱり熱いそれを受け止めながら、リックは心の内で「負けないぞ」と拳を握り締めた。

「んっ、負け、……ないぞ」

ついでに、キスの合間に声に出して宣言すれば、ディビスが顔を横に向けて吹き出した。

「くっ。……リックさん、マイナス一ポイントだ」

「えっ！」

なんでっ、と抗議の声を上げるリックを抱き締めて、ディビスは、いつまでも、いつまでも笑っていた。

少し毛の薄い尻尾を、ディビスが撫でる。まるで、その愛情でもって毛を生やしてやると言わんばかりに、愛しげに、情熱的に。

「好きだ」

思わずといったように漏れ出てきた言葉に、リックは胸を高鳴らせながら、大仰に頷いてみせた。

「僕の方が、好きですよ」

「……勝負するか？」

片眉を上げて、からかうようにディビスがそう言うから。リックも負けじと言い返す。

「負けないぞ」

「ふっ、……リックさん」

目を細めて口を開きかけた熊獣人に「マイナス一ポイント」を言わせないために、リックは彼の首に腕を回し、自分から口付けたのだった。

あとがき

はじめまして。伊達きよと申します。この度は、「春になるまで待っててね」をお手に取ってくださり、ありがとうございます。

この作品は、「冬眠」がテーマの話になります。暖かい部屋で眠る熊と、そのお腹の上で眠るリスなんていたら可愛いだろうなあ、と想像したのがきっかけで生まれました。リス獣人と熊獣人が、ひとつ屋根の下で冬を越す同棲物語ですので、全編にわたって場面は家の中、もっというとほとんどベッドの中で過ごす話になるのですが、二人のぬくぬくした雰囲気を感じていただけましたら幸いです。

この話を書いている間、世の中では色々な事がありました。私自身、家にいる時間が増え、外出が減り、人と直接お話をする機会が減り、普段は考えないような事をたくさん考えました。

だからというわけではないのですが、この「春になるまで待っててね」は、できる限り優しい物語にしようと思いながら書きました。子供の頃読んだ絵本のように、読むと胸がほっこりするような、ぐっすり眠りにつけるような、明日が怖くなくなるような。辛い日々の中でも優しい気持ちになれるような、そんな話にできたらと思い、二人の冬を綴っていきました。

実際にそんな話に出来たのかどうかは……何ともいえないところではありますが、この物語を読んで、ほんの少しでもほっこりとした気分になっていただけましたら、とても嬉しく、ありがたく思います。

物語はここで終わりとなりますが、リックとディビスの人生はこれからも続いていきます。

春はピクニックやいちご狩りに行ってみたり、夏は海に山に川に繰り出してみたり、秋は落ち葉舞う並木道で手を繋いで歩いてみたり、そして冬はまた、同じベッドの上で身を寄せ合って眠りについて……。そんな日々、そんな季節を繰り返しながら、これからも仲良く暮らしていくのだと思います。

そんな彼らの未来に、ほんの少しでも思いを馳せていただけましたら、嬉しい限りです。

最後になりましたが、より良い作品作りのために諸々ご尽力くださった優しい担当様、リック達獣人の世界を柔らかく優しく、そして美しく描き上げてくださった犬居葉菜先生、校正、印刷、営業の各担当様方、この本の作成に携わってくださった全ての方、そして、数ある作品の中から、本作を手に取り、このあとがきまで読んでくださっているあなた様に、心からの感謝とお礼を申し上げます。

またいつか、どこかでお会いできましたら幸いです。

伊達　きよ

【初出】

春になるまで待っててね
（小説投稿サイト「ムーンライトノベルズ」にて発表の内容を加筆修正）

初デートは遊園地で
（書き下ろし）

ディビスのおみやげ
（書き下ろし）

春になるまで待っててね

2021年6月30日 第1刷発行
2024年6月30日 第2刷発行

著　者　伊達（だて）きよ
イラスト　犬居葉菜（いぬいはな）

発行人　石原正康

発行元　株式会社 幻冬舎コミックス
〒151-0051 東京都渋谷区千駄ヶ谷4-9-7
電話03（5411）6431（編集）

発売元　株式会社 幻冬舎
〒151-0051 東京都渋谷区千駄ヶ谷4-9-7
電話03（5411）6222（営業）
振替 00120-8-767643

デザイン　小菅ひとみ（CoCo.Design）

印刷・製本所　株式会社光邦

検印廃止

幻冬舎コミックスホームページ　https://www.gentosha-comics.net